U0528657

成为 **小王子** 系列

Courrier Sud

Antoine de Saint-Exupéry

南方邮航

〔法〕圣埃克苏佩里——著

马振骋——译

人民文学出版社
PEOPLE'S LITERATURE PUBLISHING HOUSE

图书在版编目(CIP)数据

南方邮航/(法)圣埃克苏佩里著;马振骋译. —
北京:人民文学出版社,2018
(成为小王子系列)
ISBN 978-7-02-014173-9

Ⅰ.①南… Ⅱ.①圣… ②马… Ⅲ.①中篇小说-法国-现代 Ⅳ.①I565.45

中国版本图书馆CIP数据核字(2018)第086802号

责任编辑　卜艳冰　　张玉贞
封面设计　汪佳诗

出版发行　人民文学出版社
社　　址　北京市朝内大街166号
邮政编码　100705
网　　址　http://www.rw-cn.com

印　　刷　上海利丰雅高印刷有限公司
经　　销　全国新华书店等

字　　数　75千字
开　　本　890毫米×1240毫米　1/32
印　　张　4.125
版　　次　2018年6月北京第1版
印　　次　2018年6月第1次印刷

书　　号　978-7-02-014173-9
定　　价　39.00元

如有印装质量问题,请与本社图书销售中心调换。电话:010 - 65233595

目 录

圣埃克苏佩里小传 　　　　　　　　　　　　　　　1
序／安德烈·伯克莱 　　　　　　　　　　　　　　1

第一部分

（一）但是怎么相信我们的平安呢？那些信风不歇地朝
　　　南吹，带着丝绸的声音掠过海滩。　　　　　　3

（二）飞行员判断着空气，起初它不可触知，后来在流
　　　动，现在变成了固体后，他撑着往上升空了。　　6

（三）我们从非常远的地方过来。我们的厚大衣覆盖全
　　　世界，我们旅行者的灵魂照亮着我们的中心。　11

（四）贝尼斯累了。两个月前，他北上巴黎去征服杰纳
　　　维耶芙。他失败后收拾好残局，昨天回到公司。17

第二部分

（一）他靠着抛锚的飞机，在沙面上的这条曲线前，在
　　　地平线的这道缺口前，像个牧羊人给他的爱情守
　　　夜……　　　　　　　　　　　　　　　　　　23

（二）她从来不曾对贝尼斯提起她的丈夫埃兰，但是那
　　　天晚上："无聊的晚餐，雅克，那么多人，你来跟

	我们一起用餐吧，我就不那么孤单了。"	33
（三）	她惊醒过来，奔向床前。孩子睡着，脸烧得发亮，呼吸短促，但人平静。杰纳维耶芙半睡半醒，想到了拖轮的急迫吭气声。"辛苦！"这样已经有三天了！	37
（四）	他把她拉回来，面对面，冲着她说："但是女人的错误是要付出代价的。"她还是要躲，他用一句羞辱的话来制止她："孩子要死了，这是上帝的指责！"	42
（五）	"雅克，雅克，带我走吧！"……杰纳维耶芙闭上眼睛："您把我带走吧……""我的儿子死了……"	45
（六）	她的过去都崩溃了……一切都从过去跌了出去，第一次露出一张赤裸裸的面孔。	48
（七）	今晚，她会在纵情中找到那个脆弱的肩膀，这个脆弱的庇护所，把脸埋在里面，像只等待死亡的动物。	51
（八）	"您带我上哪儿？您为什么带我上这里？""这家旅馆不喜欢吗，杰纳维耶芙？那我们再走吧，愿意吗？""好的，再走吧……"	55
（九）	这样在一节车厢里。轮轴声在给逃离打拍子。轮轴像心一样跳动。额头贴在玻璃窗上，景物在流逝。	61
（十）	他又抬起眼睛。她露出侧面，低下头，在遐想。她若稍微侧转头，他就失去了她。	62
（十一）	城市在他四周毫无用处地搅扰。他知道他从这种混乱中再也没有什么可取的。他慢慢逆着陌	

	生的人群走。	65
（十二）	舞女在沙子上画出然后又抹去几个谜后，谢场退下。贝尼斯向身姿最轻盈的舞女打了个手势。	71
（十三）	她横卧在这个胸脯上，感到男人的呼吸如波涛似的起伏不定。这是一种渡海的焦虑……她体验到一种飞快、不可捕捉的逃逸。	74
（十四）	这间秩序井然的客厅像一座月台。快车始发前，贝尼斯在巴黎度过了几个荒漠般的钟点。	77

第三部分

（一） 欧洲、非洲一边在各处清除白天最后的暴风雨，一边前后相隔不久准备着迎接黑夜。　　81

（二） 这里，语言渐渐失去了我们人类向它提供的保证。它包含的仅是些沙子。那些最沉重的词，如"温情""爱"，压在我们心上毫无分量。　　88

（三） ……你将给我们说的不是爱情，不是死亡，没有一个真正的问题，而是风的方向、天空的状况、你的发动机。　　93

（四） "你相信她过得了这个星期吗？医生……"脚步走远了。他惊呆了，没有说话。谁快要死啦？他的心揪紧。　　98

（五） "……我们离另一种生活是那么远。她死死抱住她的白床单、她的夏天、她的那些实在的东西不放，

	我就没法把她带了走。让我走吧。"	104
（六）	如果这个指针放弃它的数字，如果故障把人交给沙漠，时间与距离将含有一种新的意义，这甚至不是他意识到的。他旅行在第四维度中。	105
（七）	夜色灿烂。雅克·贝尼斯，你在哪儿？……在我四周的这个撒哈拉，上面只有极少的负载，仅仅这里和那里有一只羚羊跳过，仅仅在最深的褶皱里，抱了一个分量很轻的孩子。	113
（八）	"达喀尔呼叫图卢兹：班机平安抵达达喀尔。句号。"	120

圣埃克苏佩里小传

圣埃克苏佩里 1900 年出生于法国一个没落贵族的家庭。父亲是保险公司职员，母亲懂音乐，爱绘画，很有艺术素养。圣埃克苏佩里的童年过得很愉快，中学时代是在瑞士度过的，1917 年回国。1919 年投考海军学校失败，在巴黎美术学院学美术。1921 年参加空军，受训后派往当时法属摩洛哥学习飞行，获证书。1923 年复员回巴黎。这时他开始写作。

1926 年 9 月圣埃克苏佩里考上设在图卢兹，哺育了法国最早一代民航飞行员的拉泰科埃尔航空公司。他年轻有为，热心大胆，深受上级的器重。后来他调往非洲撒哈拉西部朱比角中途站。当时撒哈拉西部有三种势力：法国、西班牙和阿拉伯抵抗部落。三方面的关系有时相当紧张。飞机迫降在沙碛上，飞行员常有渴死、遭虐杀、扣作人质的危险。圣埃克苏佩里一无自卫手段，二无人生保障，凭诚意、机智和胆略，赢得摩尔人的信任，争取到西班牙人的合作，多次给处境危困的机组提供有效的帮助。在朱比角一间小木屋里，两只汽油桶上加一块木板，他写出了《南方邮航》(1928)。

1929 年，他到南美洲开辟新航线。阿根廷巴塔哥尼亚气候严酷，经常飞沙走石。圣埃克苏佩里负责境内里瓦达维亚到彭塔阿雷纳斯那一段航线。1931 年在阿根廷他和擅长雕塑的康素罗·桑星结婚。同年年底发表《夜航》，获费米娜文学奖，在文学界声名鹊起。

1936年西班牙爆发内战。圣埃克苏佩里去那里为巴黎两家报馆撰写通讯报道。1938年又登上飞机尝试接通纽约到麦哲伦海峡附近火地岛的航线，不幸又告失败，还身负重伤，在纽约长期治疗。1939年发表《人的大地》，获法兰西学院小说大奖。

不久，同盟国和轴心国在欧洲正式宣战。圣埃克苏佩里是空军后备役上尉军官。他已39岁，作为空军飞行员已经太老，但是他不愿意到情报处工作，再三要求转入战备役，编入侦察部门。1940年，法国贝当政府跟纳粹德国签订停战协定。圣埃克苏佩里不久退役，回到失败主义气氛弥漫的巴黎，苦闷彷徨。12月他听从好友莱翁·维尔特的劝告，下决心到美国去看能为苦难的祖国做些什么。在美国，法国戴高乐派和维希派争斗激烈，圣埃克苏佩里无所适从。苏联宣布对德作战，初期节节败退，放弃大面积土地，他振笔疾书，写成《空军飞行员》，描述他在国内阿拉斯上空的一次侦察飞行，让世人明白敢于做出牺牲的失败孕育着日后取得胜利的种子。

他不甘心在艰苦抗战中坐等胜利来临。1944年3月到了意大利那不勒斯附近卡富塔，向同盟国地中海空军司令部要求参加战斗，感动了地区作战司令美国的艾拉·埃克将军，批准他回到已迁至撒丁岛的原部队，进行五次侦察飞行。他进行了八次还不歇手。7月31日，他要执行他的第九次任务，目的地是他童年的故乡里昂东面的空域。那天风和日丽，圣埃克苏佩里精神抖擞登上座舱，从科西嘉岛东北的博尔戈起飞，进入地中海上空后，竟像他书中的小王子一样，忽然消失得无影无踪。事情已经过去七十多年，虽然多方努力调查，也没有找到作家的遗体和飞机残骸。圣埃克苏佩里罹难的时间、地点、原因始终是个不解之谜。

战后，法国连续出版了圣埃克苏佩里的作品，其中有《要塞》(1948)、《青年时代的信札》(1953)、《笔记》(1953)、《给母亲的信》(1955)、《生命的意义》(1956)。

圣埃克苏佩里进入航空界，是他人生的转折点，这使他这个少不更事的青年，步入一个需要高度责任心和冒险精神的领域，渐渐走上光辉的人生历程。圣埃克苏佩里和他的同事，横越浩瀚沙漠，苍茫大海，巨峰林立的安第斯山脉，既锻炼了意志，又充实了思想，他从空中看到地球，只是依托在山、沙、盐碱组成的底座上，生命在上面只是像瓦砾堆上的青苔，稀稀落落的，在夹缝中滋长。在这块狭窄的背景前历史上发生过多少人间悲喜剧，产生了多少爱和恨。其实，文明有时像夕阳余晖似的，非常脆弱，一次火山爆发、一次海陆变迁、一场风沙都可以使它毁灭无遗。

这些形成了圣埃克苏佩里对世界的基本看法：人生归根结底不是上帝赐予的一件礼物，而是人人要面临的一个问题。人的价值不是与生俱来的，而是后天获得的。

飞机愈飞愈高，航线愈飞愈远，都要回到地面又重新起飞，也没有最终的目的地，这也象征了圣埃克苏佩里的思想与作品。根据圣埃克苏佩里的人生哲学，个人应该首先通过行动建立自己的本质。人的品质是以本人与他人的关系而确定的。这样做的同时，是向着人（即我们所说的"大写的人"）的方向前进，达到理想中的自我完成。人的观念不是固定不变的，随着人的上升日臻完善。因而，人的一生是人的成长过程，人生只有一条道路，一个途径，走向人的境界，而人又是在永恒中不断完美的形象。

所以他的作品再三围绕这个主题：人的伟大在于人的精神，精神的建立在于人的行动。人的不折不饶的意志可以促成自身的奋发有为。这是一个螺旋上升的曲线。

序

安德烈·伯克莱

像安东尼·德·圣埃克苏佩里这样的人，朋友与上司都称他是个天才，这一直会让我们想起阿兰在《关于静止的谈话》中的这些话："力量的真正标志也就是抗拒，也如同沉思的标志。对于万种事物的不断打击又聋又哑，不是像一个动物窥伺惊慌，而是毅然决然去听去看，这才是英雄。"在民航飞行员大家庭里，这位好汉得到了名副其实的评价，他们是这样说他的："……这位年轻人屡次表现神勇，每个星期带来一件更为豪迈的壮举，在里奥德奥罗的荒漠沙碛上早已是个传奇人物。"这个评语登载在一份公报上，我们对此没有附加任何慷慨激昂的内容。

圣埃克苏佩里身材魁梧，行事低调，腼腆。人家对他说什么打动不了他，因为他的身体承受了害怕，再也不能承受赞美，那就由我们来写吧，我们把他看作邮航公司最优秀的飞行员之一；他自己不会说，要说也是说别的。当一个人有了一颗英雄之心，他总是有分寸地保持贵族的矜持与沉默。

大家可能还奇怪，这个青年还写书。但是圣埃克苏佩里不是一位作家，对他来说，飞机从来不是一种文学消遣。然而性格与毅力往往被行动家置于聪明之上，这些也是激发种种思想的丰沛源泉；我们不妨要求一位天赋极高、还可说是"全才"的飞行员，给我们说一说那些不同凡俗但是真正的想法，全都是他本人在充满凶险、千钧一发程度超过最紧张传奇的那些事中体验到的。此外，谁有一颗军人也就是英雄的灵魂，总有一支生花妙笔，因为他不用寻章摘句，写出生龙活虎的生活还不够动人吗？

圣埃克苏佩里工作于一家邮航公司，公司除了其他服务以外，还保证欧洲与南美洲的航线。正常航程是一万三千公里，其中虚拟路线总是飞越在一百道障碍之上。这要比遭到同样多的抢劫故事更加令人赞叹，因为那时英雄主义不用服从类似的纪律。卡萨布兰卡-达喀尔航线上的飞行员，就是与众不同地生活在这种充满意外事故的单调中，他们的勇气首先应该以钟点计算：必须在星期五早晨离开图卢兹，无论如何要在星期六晚上平安抵达目的地。

圣埃克苏佩里当朱比角中途站站长，夹在大西洋和撒哈拉之间的某处，这种无休无止的历险中某些事件我们是熟悉的。他从那里出发去修复跌落在内陆深处的飞机。因为每个航班的飞行员都必须越过两千三百公里的沙漠，其中一千五百公里下方是里奥德奥罗的抵抗地区，那里险情一直不断，还夹杂着龙卷风和大雾。在这块未经开发、相互残杀和狂热崇拜的毛里塔尼亚土地上，飞行员过着他们的日子，遇上危险只有向三座西班牙土堡求救。我们只是在这部书中最后寥寥几句的简报中获知他们的业绩。

比如说里居艾尔为了救助古尔，降落在打伤了古尔，也杀害了他的伙伴们的这些抵抗部落中间。

吉约梅、里居艾尔、雷内和安东尼救助一架跌落在抵抗区的乌拉圭水上飞机的机组。

科莱也曾从他们手里救出一艘帆船上的遇难者。

这样的战争前途难测，又不容许走错一步，圣埃克苏佩里是参与其中的主要人物之一，不但在雷内与塞尔被俘四个月间表现出果敢与胆识，还显出与生俱来与落落大方的智勇。他在西蒙和科莱之后，又去抵抗区跟出事五天、已快渴死的勒布里克汇合；他救助落在里奥德奥罗的西班牙飞机师。他独自带了一名翻译到处降落，随时有杀身之祸；有一次，他救助一架故障后遗弃在撒哈拉的飞机，在一场交火中鼓励原住民的士气。

这样一位飞行员，又是这样一位战士，却有余暇写作，这好像很少见。但是这是行动家的特权，他们把一件件工作轮替着做就是休息。我们的乐趣不是在英雄身上蓦然发现了作家，而是在作家身后去发现那个人。重要的是跟这位战士取得联络，跟随他进入这一场正在进行的斗争，倾听关于勇气的知心话。

这样一支笔下的传奇故事更为直接。它不是通过现代读者无意识中已经读腻的那种手法送到我们面前，而是直截了当，像从一个比我们这里更为高尚和纯洁的现实中回来，不需要其他手法就表达了在毅力促使与高尚职业培育下生成的感受与诚挚。

第一部分

（一）

"发报。六时十分。图卢兹呼叫各个中途站；法国-南美洲班机五时四十五分离开图卢兹，句号。"

天空清澈如水，星星浸在其中光亮耀眼。然后夜黑了。月光下撒哈拉沙丘滚滚向前。我们额头上的这道灯光照不亮物件，但显露其轮廓，给每样东西添加些许温柔。在我们发闷的脚步下一片丰饶奢侈的沙层。我们摆脱烈日的重压，不戴帽子踩在上面。黑夜，这个家……

但是怎么相信我们的平安呢？那些信风不歇地朝南吹，带着丝绸的声音掠过海滩。这不再是欧洲大陆上旋转的柔风；它们顶着我们犹如顶着行驶中的快车。有时黑夜里，它们紧紧压着我们，我们背靠着它们面对北方，感觉被托升至一个黑暗中的目的地。仓皇啊！担心啊！

太阳旋转，带来了白天。摩尔人动静不大。那些冒险走近西班牙要塞的人挥舞手臂，扛枪就像扛个玩具。这是从幕后看到的撒哈拉。抵抗部落在这里失去了神秘，走出了几个无足轻重的人物。

我们扎堆生活在一起，面对着自己的形象，圈子极端狭窄。这说明为什么我们在沙漠中不知道孤单；必须回家才能想起置身天外，在远景中发现这个情况。

不用走出五百米,就进入了抵抗区,我们是摩尔人和我们自己的俘虏。我们最近的邻居在锡兹内罗斯和艾蒂安港,离此有七百到一千公里,困在撒哈拉就像困在脉石中。他们绕着同一座要塞旋转。我们知道他们的外号、他们的爱好,但是我们之间静默的深度就像各自住在不同的星球。

那天早晨,地球开始为我们转动了。发报员终于转发给我们一份电报,两根插在沙中的天线杆,让我们跟这个世界进行一周一次的联系:

"法国-南美洲班机五时四十五分离开图卢兹。句号。十一时十分经过阿利坎特。"

图卢兹说话了。图卢兹,起点站。远在天边的神。

十分钟内,消息经过巴塞罗那、卡萨布兰卡、阿加迪尔到达我们这里,然后向达喀尔传去。在五千公里航线上的机场都得到报告。晚上六点钟再向我们发报:

"班机二十一时在阿加迪尔降落,二十一时三十分向朱比角出发,带着米其林炮弹着陆。句号。朱比角准备常规灯光。句号。命令跟阿加迪尔保持联系。签发,图卢兹。"

我们孤零零在撒哈拉中央,从朱比角天文台观察一颗遥远的彗星。

傍晚六点钟,南方有了动静:

"达喀尔呼叫艾蒂安港、锡兹内罗斯、朱比角:紧急报告班机消息。"

"朱比角呼叫锡兹内罗斯、艾蒂安港、达喀尔:十一时十分经过阿利坎特后没有消息。"

一架发动机在某处轰鸣。从图卢兹直至塞内加尔,大家都在努力要听到它的声音。

（二）

图卢兹，五时三十分。

机库大门对着淅淅沥沥的雨夜开着，机场汽车戛然停在其入口处。在几只五百支光灯泡的照射下，物体像展品一样线条僵硬，赤裸裸的，轮廓分明。这里拱顶下，说出每个字都有回声，滞留不去，充盈于静默之中。

钢板闪闪发光，发动机没有油污，飞机看起来像是新造的。机械师用发明家的手指触摸的精密时钟。现在他们离开已经调试完毕的作品。

"赶紧，先生们，赶紧……"

邮包一个接一个塞进飞机的腹部。快速清点：

"布宜诺斯艾利斯……纳塔尔……达喀尔……卡萨布兰卡……达喀尔……三十九包。对吗？"

"对的。"

飞行员穿衣。羊毛套衫、围巾、皮制飞行衫、裘皮靴子。他昏昏欲睡的身子发沉。有人唤他："好啦！赶快……"两手满是手表、高度表、地图夹不方便，手指在厚手套里动弹不得，人沉重笨拙，爬到驾驶舱座位上。就像是个钻出海面的潜水员。但是一坐上驾座都变得轻松了。

一名机械师上来对他说：

"六百三十公斤。"

"好的。乘客呢？"

"三位。"

他没有看到他们，只是记了下来。

场长转身朝着操作工走去：

"这个罩子是谁上的销子？"

"我。"

"罚二十法郎。"

场长看了最后一眼：事物安排井然有序，动作规范如同芭蕾演出。这架飞机在机库里犹如五分钟后在高空中，都有自己确切的位置。这次飞行与轮船出海一样都必须精密计算。这个销子没扣好，是一大漏洞。这些五百支光的灯泡，这些尖利的目光，这样严格要求，都是为了飞机上了高空，从中途站接着中途站，直到布宜诺斯艾利斯或智利圣地亚哥，形成一种弹道效应，而不是一件碰运气的事儿。为了不顾暴风雨、浓雾、龙卷风，不顾阀门弹簧、气门摇臂和材质问题层出不穷，也必须赶上、超越和抛开快车、高速列车、货船、汽轮！在创纪录的时间内抵达布宜诺斯艾利斯或智利圣地亚哥……

"起飞。"

有人交给飞行员贝尼斯一张纸条：作战方案。

贝尼斯看到：

"佩皮尼昂报告天晴无风。巴塞罗那，暴风雨。阿利坎特……"

图卢兹，五时四十五分。

粗壮有力的轮子碾过垫木。在螺旋桨风的劲吹下，机后直至二十米的草皮仿佛都在滚动。贝尼斯手腕一动，就可掀起或者制止风暴。

经过连续发动，声音现在充实，逐渐变成浓密几乎是固体的气场，把身体团团裹住。当飞行员感觉它在他的体内灌注了直至那时未能满足的某个东西，他想："可以啦。"然后他瞧着在逆光下如同炮口伸向天空的黑色机罩。螺旋桨后面，黎明景色在颤动。

迎着直立的风慢慢滑行后，他拉动油门杆。飞机被螺旋桨一戳往前冲。朝着有弹性的空气跳几下后稳住，地面终于好像绷紧了，在轮子下如同一条传输带发光。飞行员判断着空气，起初它不可触知，后来在流动，现在变成了固体后，他撑着往上升空了。

沿跑道的树木露出了地平线。退后不见了。在两百米时还俯身在看一座儿童乐园，里面有笔直的树木，彩色的房屋。森林还保持郁郁葱葱，人住的土地……

贝尼斯在寻找椅背的倾斜度、肘臂的实际位置，这对于他的安宁是必不可少的。在他身后，图卢兹的低压云映出了航空站的阴暗大厅。现在，飞机正在朝上飞，他也减少对它的控制，让手中掌握的力量释放一点。他的手腕一动就会掀起一股气浪把他往上托，身体内像有一种气流在流转。

五小时后到阿利坎特，今晚到非洲。贝尼斯在遐想。他很平静："我把事情料理了。"昨天，他乘夜间快车离开巴黎，多么奇怪的假期。他对隐约的骚动还保持模糊的记忆。他稍后会难受的，但是此时此刻，他把一切都抛在脑后，仿佛一切也会在他身外延续。此时此刻，他好像随着初生的朝阳一起诞生，帮助早晨建设这一天。他想："我不仅仅是个工人，我还建立非洲邮件。"每天，对于工人来说，他开始建设世界，世界开始了。

"我把事情料理了……"在公寓的最后一个夜晚。报纸叠好放在书堆四周。信件烧毁的烧毁，整理的整理，家具都盖上遮布。每样东西都归类，让它走出自己的生活，置放于空间。这内心的骚乱就不再有意义了。

他为第二天就像为一场旅行那样做好了准备。他为第二天就像为去一次美洲那样登上了飞机。原来那么多事情没有了结，让他牵肠挂肚的。一下子他自由了。贝尼斯发现自己可以那么轻易打发和死去，几乎感到害怕了。

卡尔卡松，紧急中途站，在他身下漂移。

世界安排得多么井井有条——三千米。像装在它的盒子里的羊圈。房屋、运河、公路，都是人的玩具。世界泾渭分明，地球划成方块，那里每块田地都隔着篱笆，花园都有自己的围墙。卡尔卡松，那里每家服饰用品铺子的女店主都在重复自己祖母的生活。关在小屋子里的卑微幸福生活。众人的玩具整整齐齐放在他们的橱窗里。

橱窗里的世界，过于暴露，过于炫耀，城市井条有序地出现在那张卷开的地图上，缓慢的土地却带着海潮的规律朝着他把它们推了过来。

他想他是孤零零一个人。太阳在高度表表盘上闪烁。一道明亮如冰的阳光。踩一下平衡杆，整个景物都漂移。这阳光是矿物质的，这土地也像是矿物质的；使生命体现温柔、芬芳与软弱的一切都被摧毁了。

可是，在这身皮衣下是温暖脆弱的肉身，贝尼斯。在厚手套下是美妙的双手，它们知道——杰纳维耶芙——用手指背抚摸你的面孔……

这里是西班牙了。

（三）

今天，雅克·贝尼斯，你将带着主人的平静心态飞越西班牙。熟悉的景物一个接一个呈现在眼前。你在暴风雨之间自在地用胳膊推推搡搡。巴塞罗那、巴伦西亚、直布罗陀，送到你面前又收了回去。这好啊。你把卷拢的地图又收好，完成的工作都堆到了身后。但是我记得在你初驾班机的前夕你跨出最初的步子，我给的最后的忠告。你应该黎明时用双臂抱起一个民族的沉思。抱在你细弱的双臂里。抱着它们像长袍下掖了一件宝物穿过千险万阻。邮件珍贵——有人对你说——邮件比生命还珍贵。又那么脆弱。稍一疏忽就会化为灰烬，随风飘散。我记得这个出征前夕：

"那时呢？"

"那时你努力飞到佩尼斯科拉海滩。有渔船要注意。"

"然后呢？"

"然后到巴伦西亚以前你总是可以找到紧急机场的：我用红笔把它们标出来。万不得已就停到干涸的河床上。"

贝尼斯在这盏绿罩子灯光下，面前摊着这几张地图，又回到了中学时代。但是他那天的老师在每个地点给他挖掘出一个活生生的秘密。陌生的国家不再提供死亡数字，而是开着自己鲜花的真正田野（——嗨，就在那里这棵树要千万留意），而是带上自己沙子的真正海滩（在那里，傍晚必须避开渔民）。

雅克·贝尼斯，你已经知道，我们永远不会去了解格拉纳达、阿尔梅里亚、阿尔汉布拉宫或清真寺，但是一条小溪、一棵桔子树和它们微不足道的知心话则是必须记住的。

"你要听我说：这里如果天气晴朗，你就笔直飞过去。要是天气不好，你飞低，压着左边钻进这条山谷。"

"我钻进这条山谷。"

"稍后你再从这个山口飞到海面上。"

"我从这个山口飞到海面上。"

"你要提防你的发动机：有峭壁和巉岩。"

"发动机要是不听我的呢？"

"你自己解决啦。"

贝尼斯微微一笑：年轻飞行员多幻想。一块岩石飞射过来，把他杀了。一个孩子奔跑，但是一只手在他额上一拍，把他掀翻在地。

"不会吧，老兄，不会吧！大家自己解决啦。"

贝尼斯对这样的教育很自豪，他童年时没有从《埃尼德》中窥到一条秘密，可以保护他免于一死的。教师的手指在西班牙地图上找不到地下水源，发现不了宝藏和陷阱，也碰不到草地上的这个牧羊女。

今天这盏灯多么温暖，光如同油一般流出。这条油的细流使海面平静。外面在刮风。这个房间实在是世上的一座小岛，像水手留宿的一家客栈。

"来点波尔多酒?"

"那当然……"

飞行员的房间,不稳定的旅店,往往必须把你重建。公司前一个晚上给我们来了通知:"某飞行员调往塞内加尔……调往美洲……"于是当晚必须切断联系,打好箱包,在房间里清空自己、自己的照片、自己的书籍,即使幽灵也会在身后的房间留下更多的痕迹。有时在当晚要松开两条手臂,耗尽一个小女孩的力气,不是开导她——她们个个都固执——而是磨蹭她,将近清晨三点钟,把她轻轻放下去睡,她不是认了你的离开,而是认了自己的忧伤,这时他对自己说,她接受了,其实她哭了。

雅克·贝尼斯,后来你在全世界奔波中学到了什么呢?飞机?在一块硬水晶上钻着他的洞慢慢前进。城市一座座轮替,必须着陆才有自己的模样。现在你知道这些财富仅是昙花一现,此后也就被时间像被海水一样湮没和荡涤。但是你最初几趟旅行回来,你想你变成了什么样的人?为什么要把他与一个温柔男孩的幽灵比照呢?你第一次假期一回来就拉了我朝学校去;贝尼斯,我在撒哈拉等待你经过,我也在那里忧郁地回忆我们那次对童年的拜访。

松林中间的一座白色别墅,有一扇窗子亮着灯,后来又有一扇。你对我说:

"这就是我们写最初几首诗的自修室……"

我们从非常远的地方过来。我们的厚大衣覆盖全世界，我们旅行者的灵魂照亮着我们的中心。我们闭紧嘴巴，戴着手套，保护得好好的，抵达陌生的城市。人群朝着我们过来，并不碰我们。我们留着白色法兰绒长裤和网球衫在驯服的城市里穿。在卡萨布兰卡，在达喀尔。在丹吉尔，我们走路不戴帽子，在这座沉睡的小城市里不需要制服笔挺。

我们凭着男性的肌肉，腰板挺直地回来了。我们拼过命，我们受过苦，我们飞越过无边无际的大地，我们爱上过几个女人，偶尔还跟死神赌输赢，只是为了摆脱贯穿我们童年罚作业、罚留校的恐惧，为了周六晚上毫不胆怯去听宣布分数。

先是在门厅里一声私言，然后几次点名，然后几位老人匆匆走过来。他们来了，黄灯光照着他们全身，羊皮纸似的腮帮，但是眼睛那么明亮：喜气洋洋，客客气气。立刻，我们明白他们早知道我们已经脱胎换骨了；因为校友早已习惯踏着坚定的步伐回来，扬眉吐气。

我握手有力，雅克·贝尼斯目光坚定，他们并不惊讶，因为他们直截了当把我们看成男子汉，因为他们跑去找来一瓶他们从未与我们说起过的陈年萨莫斯酒。

大家坐下来吃晚饭。他们一起挤到灯罩底下，就像农夫围着火。我们知道他们也是弱者。

他们所以是弱者，因为他们变得宽容了，因为我们从前会走向堕落、走向贫贱的偷懒，其实只是个孩子的缺点，他们对此笑笑而已。因为我们的傲气，他们那时苦口婆心要我们压下去的傲气，那天晚上也得到了他们的赞扬，说这是高贵的。甚至哲学老师也对我们真情表白。

笛卡儿可能是在一个预期理由上建立自己的思想体系。帕斯卡……帕斯卡是残酷的。他自己作出那么多努力，没有解决人类自由的老问题就结束了生命。而他本人，竭尽全力不让我受决定论、受泰纳的影响，他还看到对于走出校门的孩子，生活中最恶毒的敌人莫过于尼采，他向我承认他也有应该责备的温情。尼采……尼采本人令他不安。物体的真实性……他不再知道了，他不安了……这时，他们向我们提问题。我们走出了这幢温暖的屋子，进入生活的暴风雨里，我们应该向他们说一说大地上真正的气候。如果爱上一个女人的男人，是不是真的会像皮洛士变成她的奴隶或者像尼禄变成她的屠夫。非洲、它的荒僻、它的蓝天是不是真的符合地理教师所教的那样。（鸵鸟闭上眼睛是自我保护吗？）雅克·贝尼斯稍稍弯下身，因为他掌握一些大秘密，但是教师们从他那里偷了去。

他们愿意从他那里知道行动中的陶醉之情，发动机的轰隆声，还有要我们幸福只是在晚间像他们那样修剪玫瑰树是再也不够的了。轮到他解释卢克莱修或《传道书》，提出忠告。贝尼斯还及时教他们必须带干粮和水，那样跌落在沙漠中才不至于死亡。贝尼斯向他们匆匆说出最后几句忠告，从摩尔人手中救出飞行员的秘密，让飞行员逃出火场的窍门。这时他们摇头，依然着急，但是已经放心和自豪，给世界培养出这些新生力量。他们历来赞扬的这些英雄人物，他们终于用手指接触他们了,终于认识了他们,也死而无怨了。他们说到了少年恺撒。

只怕引起他们伤感,我们还是向他们讲述劳而无功之后的失望与空闲时的苦涩。由于那位年长者在出神,这令我们难过,唯一的真理实在可能是书中的和平。但是这个教师们早已知道。他们的体验是残酷的,因为他们教大家的是历史。

"那么您为什么回来呢?"贝尼斯没有回答他们,但是老教师善解人意,眨眨眼睛,想到了爱情……

（四）

大地，从高空看来，显得赤裸荒凉。飞机下降，它穿起了衣服。树木重新铺设地面，峡谷丘陵使它波涛滚滚，它也在呼吸。一座高山如同一个横卧的巨人。他飞越时巨人的胸脯对着他鼓了起来。

现在地面接近，万物犹如桥下的激流加速滚动。这是平川如镜的世界大崩裂。树木、房屋、村庄离开光洁的地平线，朝他的身后漂移而去。

阿利坎特机场地面上升，晃动，固定；轮子靠近它就像靠近一台轧钢机，在上面擦，在上面磨尖……

贝尼斯走下机舱，两腿沉重。有一秒钟，他闭上眼睛，头脑里满是发动机声和生动图像，四肢内还是像有机械的震动。然后他走进办公室，慢慢坐下，用胳臂把墨水瓶和几本书推开，把612航班航程手册拉到面前。

图卢兹-阿利坎特：飞行五小时十五分。

他不往下写，身上感到累，出神了。传来一个模糊的声音。有个女人在那里嚷嚷。福特车司机打开门，道歉一声，微笑。贝尼斯严肃地看着这些墙壁、这扇门、这个自然尺寸的司机。有十分钟，他加入了一场他不明白的讨论中，看着人家做了又做的动作。这个景象是不真实的。门前种的那棵树可是竖立了三十年。三十年来作为位置的标注。

发动机：无异常。

飞机：向右偏。

他放下笔杆，只是想："我困了。"紧扣他太阳穴的梦还在做。

琥珀色的光照着明亮异常的景色。阡陌分明的田野和草原。一座村庄放在右边，一小群牛羊放在左边，笼罩他的是蓝色穹顶。他想："一个家。"他想起他突然明白无误地觉得这个景色、这片天空、这块土地是作为一个家园建造的。亲人聚居的家园，井井有条。每个物件好好地竖着。一切平整光溜，看不到一点威胁，一丝裂缝，他也像是处在景色之中。

老妇人就是这样，在她们的客厅窗前觉得自己永远不会消失。草地嫩绿一片，动作缓慢的园丁在浇花。她们目随他的令人宽心的背脊。从光亮的地板升起一股蜡的气味，她们闻了高兴。屋内的秩序赏心悦目，日子挟着它的阳光和风雨过去，只吹坏了玫瑰几朵。

"时间到了。再见啦。"贝尼斯又要走了。

贝尼斯闯入暴风雨。暴风雨猛攻飞机，像拆屋工人的鹤嘴锄砸个不停。他见过世面，会闯过去的。贝尼斯只剩下最基本的想法，这些想法在指导行动，走出四周环绕的山脉，在这里从上而下的龙卷风摁着他，在这里狂风骤雨密匝匝漆黑一团，他要跳出这堵墙，飞到海面上。

一个撞击！形成了断裂？飞机立刻斜向左边。贝尼斯用一只手抱住，然后用两只手，然后又用全身。"见鬼!"飞机就朝着地面沉重地跌下。贝尼斯这下子完蛋了。他刚刚意识到，再有一秒钟，他将会跌出这幢七歪八斜的房子，再也回不去了。平原、森林、村庄旋着向他喷过来。样子像烟，旋转的烟，烟！羊圈在天空的四角翻筋斗……

"啊！我好怕……"用脚后跟踢开了一根电线。操纵杆卡住了。怎么？怠工破坏？不。根本没事；脚后跟一踢恢复了世界。多妙的奇遇！

奇遇？那一秒钟只是在嘴里留下苦味，在肉里留下酸痛。唉！但是这道云隙啊！刚才这一切只是蒙骗眼睛的：公路、沟渠、房屋，人的玩具！……

过去了。结束了。这里晴空无云。气象预报说过的。"天空四分之一有卷云。"气象预报？等压线？鲍尔森教授的"云系"理论？老百姓过节的天空，是的。七月十四日的天空。应该说："在马拉加是节日！"每个居民头上都有一万米晴空。直至卷云为止的天空！从没见过这么亮、这么大的金鱼池。就像在海湾的赛船之夜：天空是蓝的，海是蓝的，船长的衣领与眼睛也是蓝的。假日灿烂。

结束了。三万封信送过去了。

公司像布道似的：邮件珍贵啊，邮件比生命还珍贵。是的。这是三万个情人以此为生的东西……耐心啊，情人们！在夜晚灯光中有人朝着你过来。在贝尼斯身后是密集的乌云，被龙卷风吸在一只罐子内搅拌。在他面前是阳光明媚的大地,草地上晒着薄衣衫,树林里飘着毛茸,海面上有吹皱的船篷。

到达直布罗陀天色已黑。那里朝丹吉尔往左一拐,把贝尼斯拉出了欧洲,欧洲像巨大的浮冰,漂移开去……

再经过几座依靠褐色土地滋养的城市就是非洲了。再经过几座靠黑色黏糊物为生的城市就是撒哈拉了。贝尼斯那天傍晚出席了大地的卸装仪式。

贝尼斯累了。两个月前,他北上巴黎去征服杰纳维耶芙。他失败后收拾好残局,昨天回到公司。这些平原,这些城市,这些灯光一一离去,其实是他舍弃了它们。是他把它们从身上卸下。一小时后,丹吉尔的灯塔会亮:雅克·贝尼斯在到达丹吉尔的灯塔之前,把事情回忆一番。

第二部分

（一）

我应该回溯以往，讲一讲过去两个月的事情，不然会留下什么呢？当我将要提到的事件渐渐结束了它们的微弱旋涡与同心圆，又像湖水倒灌而与它们无情消灭的人物的旋涡与同心圆相互重叠时，当我亏欠他们，先痛心，后缓解，最后又变为温馨的感情平复时，我觉得世界又显得安全了。杰纳维耶芙和贝尼斯留下对我应该是残酷回忆的地方，我不是已经可以在那里散步，而不过于忧戚了吗？

两个月以前，他北上巴黎，但是，离开了那么久再也找不到自己的位置，城中人满为患。也只有雅克·贝尼斯穿着一件散发樟脑味的上衣。他身子僵硬笨拙，移来移去，他的军用旅行箱还好端端放在房间一角，他要说里面也都是些不稳定、暂时的东西。这个房间还没有被白色布帛、被书籍占领。

"嗨……是你吗？"他通知每个朋友。他们大呼小叫，他们庆贺他：

"一个鬼魂！好哇！"

"嘿，是的！我什么时候见你？"

恰好今天没空。明天呢？明天玩高尔夫，但是让他也来吧。他不愿意？那么后天见。八时正一起吃晚饭。

他身子沉重地走进一家舞厅，坐在潮客中间，还穿着他那件像探险服似的大衣。他们就像鱼缸里的鲍鱼，在这家小场子里度过他们的夜晚。嘴里一溜恭维话，跳舞，回来喝酒。在这个暧昧的地方，只有贝尼斯保持理智，他感到像脚夫那么沉重，力量都压在两条腿上。他的思想没有了亮点。他穿过桌子朝着一个空位子走去。那些女人的目光被他的目光一碰就躲开，仿佛熄灭了一样。那些年轻人身子灵活让他过去。就像黑夜里，巡逻军官过来，哨兵指头的香烟就跌落在地上。

我们每次重新见到的就是这个世界，就像布列塔尼水手重新见到他们在明信片上的城市，他们忠贞如一的情人，在他们回来时并不见老。儿童书籍上的插图总是相差不多。我们看到一切都原封不动，被命运安排得井井有条，害怕暗中会有什么。贝尼斯打听一个朋友："是的。就是那个人。他的事业不怎么顺利。好在你知道……这就是生活。"人人都是自己的囚徒，受到看不见的牵制，不像他，这个逃犯，这个穷孩子，这个魔术师。

经过两个冬天，两个夏天，朋友们的面孔有点儿沧桑，有点儿瘦削。酒吧角落里的那个女人，他认出来了。她的面孔付出那么多的微笑也有点疲劳了。酒保还是原来那个。他害怕被人认出来，仿佛这个向他打招呼的声音在他心中唤起一个死亡的贝尼斯，一个没有翅膀的贝尼斯，一个没有成功脱逃的贝尼斯。

渐渐地，回家途中，已经在他四周建起一道景色，犹如一座监狱。撒哈拉的沙，西班牙的山，像舞台服装，从即将显现的真正景色中一点点退出。终于，跨过边境就是一马平川的佩皮尼昂。阳光在这块平原上还滞留不去，斜了好几条，拉得长长的，每一分钟都磨得更薄。散在草地上的这些金色衣衫，每一分钟更飘更透，不是熄灭了，而是蒸发了。这时候在这片青色的空气下，泥土是绿的，暗淡的，温和的。底下静悄悄的，发动机减速，向着这个海底扎下去，那下面一切都像一堵墙壁那么明白与长久。

这是在从机场前往火车站的车子上。面对他的这几张面孔，毫无表情，不苟言笑。这几只手带着他们的命运标记，平放在膝盖上，那么沉重。那些擦肩而过的农民，从田里回来。这个在门前的少女，她在千万人中窥测一个人，她也放弃过千万个希望。这个母亲在摇一个孩子，她已经成了他的囚徒，逃不走了。

贝尼斯直接深入到事物的秘密，走上最隐秘的小路回到家，双手插在口袋里，没有旅行包，航线飞行员。而在这个恒久不变的世界里，要触动一堵墙，要延伸一块地，必须打上二十年官司。

在非洲待上两年，景色就像海面诡谲多变，但是一个个揭开后，这片天荒地老的景色赤裸裸露了出来，唯一的，亘古不变的，他从中脱身，踩在一块真正的土地上，成了忧伤天使。

"这里一切没变……"

他担心看到的东西不一样,现在又发现它们那么相似而难过。他跟人相遇,与人相交中得到的只是一种迷茫的厌烦。与想象相差很远。动身时的种种柔情,抛在了身后,心中带着灼痛,但是也有一种把宝藏埋在了地下的奇异感觉。这些逃避有几次证实了那么多吝啬的爱。有一次撒哈拉夜空星光灿烂,当他想起这些远方的温情柔意,在夜幕与时光的遮盖下犹如种子,他突然有这样的想法:后退是为了欣赏睡态。他靠着抛锚的飞机,在沙面上的这条曲线前,在地平线的这道缺口前,像个牧羊人给他的爱情守夜……

"这是我去重新寻找的东西!"

有一天贝尼斯写信给我说:

我不跟你说我的归来,因为我相信当我得到感情的回应时,我就是事物的主人了。但是没有一种感情醒了过来。我像那个朝圣者,迟了一分钟到达耶路撒冷。他的欲望、他的信仰刚刚死亡,他找到的是石头。这里这座城市成了一堵墙。我要重新离开。你还记得那第一次出发吗?我们是一起飞的。穆尔西亚和格拉纳达像小摆设躺在它们的橱窗里;由于我们没有降落,都埋在过去之中了。几世纪的岁月把它们放在那里,自己又抽身走了。发动机发出这个浑厚的声音,只有它独自存在,景物像一部影片在声音后面无声地掠过。而这个冷哪,因为我们正飞在高空,这些城市也都封存在冰块里。你记得吗?

你传给我的几张纸条我还留着:

"注意奇怪的叮当声……声音大了不要飞进海峡。"

两小时后在直布罗陀:"到了塔里法再穿越,那样更好。"

在丹吉尔:"不要停留太久,场地软。"

简简单单。凭着这几句话赢得了世界。我发现了这些简短的命令可使一种战略变得那么强大。丹吉尔,一座弹丸小城,这是我的第一次征服。你看到,这也是我第一次入室抢劫。是的,直扑而下,起初这样,但是那么远。然后,下降时,草地、花卉、房屋都舒展开来。我把一座湮没的城市拉到日光下,它又恢复一派生机。突然有了这个神奇的发现,五百米下的地面上,那个阿拉伯人在耕种,我把他拉过来,使他成为一个与我平等一致的人,他真正是我的战利品、我的创造物或我的赌博。我逮住了一个人质,非洲属于我的。

两分钟后,我站在草上,我年轻,仿佛降到了某颗星球上,那里生命又重新开始。在这个新气候里。我在这块土地上,在这片天空下,觉得自己是一棵新种的树。我带着这种有滋有味的饥饿感,摆脱这趟旅行。我跨大步,富有弹性,消除驾机的疲劳。我因降落找回了自己的影子而在笑。

这个春天!你记得吗?图卢兹灰蒙蒙雨后的这个春天?在万物之间流转的这个新鲜空气?每个女人都藏有一个秘密:一个口音,一个手势,一个沉默。个个都令人向往。然后,你知道我的,又是这样匆匆出发,到远方去寻找我有预感但不明白的东西,因为我是那位寻水人,手中的榛树枝抖抖的,去全世界直至找到宝藏为止。

但是告诉我我在寻找什么，为什么我身子靠在我的窗前，脚下是我的朋友、我向往与回忆的城市，人还是绝望？为什么我第一次找不到泉眼，就感觉离宝藏那么远。大家对我作出的、一个模糊的神不会遵守的这个模糊的承诺，到底是什么？

我找到了泉眼。你记起来了吗？这是杰纳维耶芙……

杰纳维耶芙，我读到贝尼斯的这句话时，闭上眼睛又见到您少女时的模样。你十五岁，而我们那时十三岁。您在我们的记忆中怎么会老去呢？您一直是这个脆弱的女孩。当我们听人说起您时，我们在生活中惊讶邂逅的就是她。

当其他人把一位成熟的女子推到祭台前时，贝尼斯与我在非洲的腹地定亲的是一个小女孩。您那时是十五岁的孩子，最年轻的母亲。别人还处在树上擦破裸露的腿肚子的年龄时，您要求的是一只真正的摇篮——华丽的玩具。您的亲人没有猜到其中的奥妙，您与他们相处时，在生活中做出的是妇女的谦卑的动作，您为了我们则生活在一篇童话中，您通过那扇奇幻的门走进世界——像进入一场化装舞会，儿童舞会——扮成妻子、母亲、仙女……

因为您就是仙女。我回忆。您住在一幢老房子的厚墙之中。我又看见您肘臂支着凿得像枪眼的窗户，窥视月亮。月亮在上升。平原开始有声音了，蝉的翅翼发出瑟瑟声，青蛙的肚子发出咯咯声，回家的牛脖子上发出铜铃声。月亮在上升。有时从村庄响起一阵丧钟声，带给蟋蟀、小麦、蝉那种不可名状的死亡。您探出身子，只是为情人们感到不安，因为什么都没有像希望那样受到威胁。但是月亮在上升。那时，灰林鸮发情彼此呼唤，其声音盖过了丧钟。野狗围上了月亮，朝着它狂吠。每棵树、每株草、每根芦苇都活跃了。月亮在上升。那时，您拿起我们的手，要我们听，因为这是大地的声音，令人安心，悦耳动听。

这幢房子，还有这幢房子四周的土地像有生命的袍子，把您严加保护。您与椴树、橡树、牛羊群订立了那么多盟约，因而我们称您是它们的公主。到了夜晚，大家把世界收拾一下准备过夜，您的面孔逐步平静下来。"农夫把牲口赶回了圈内"。您看到远处牲口棚的灯光就明白了。一阵发闷的响声："有人在上门闩。"一切都井然有序。最后，晚间七时快车掀起它的暴风骤雨，越过本省逃逸而去，把您的世界中如卧车窗前一张脸上的不安与彷徨一扫而光。这是晚餐时刻，餐厅太大，灯光太暗，你在那里变成了黑夜女王，因为我们像间谍似的毫不放松地跟踪你。你不作声，在老人中间坐下，周围是细木墙板，身子往前倾，只露出头发照在金黄色灯光下，戴上了光的皇冠，你是王后，跟事物那么密切结合，对事物、对你的想法、对你的前途那么有把握，你在我们看来天长地久存在。你是王后⋯⋯

但是，我们愿意知道可不可能使你伤心，把你搂在怀里直至窒息，因为我们感到你心中有个活生生的人，我们希望把他带到阳光底下来。一种柔情，一种忧伤，我们希望把它带到眼前。贝尼斯把你搂在怀里，你脸红了。贝尼斯把你搂得更紧，你眼睛闪烁泪光了，然而嘴唇不像老妇人哭泣时变得难看。贝尼斯对我说，这些眼泪来自突然充盈的心田，比钻石还珍贵，谁喝下就会长生不老。他对我也说你躲在你的体内，就像这个仙女躲在水下，他会施展千种法术把你引上水面，其中最可靠的法术就是弄得你哭。这样我们从你那里偷来了爱情。但是，当我们放开你时，你笑了，这声笑使我们满心惭愧。就像一只鸟，稍一放松，展翅飞去。

"杰纳维耶芙，给我们念几首诗吧。"

你很少念，我们想你已经一切都懂了。我们从没见过你显出惊讶。

"给我们念几首诗吧……"

你念，对我们来说，这是关于世界与人生的教诲，不是从诗人而是从你的智慧中朝着我们走过来的。情人的沮丧、王后的眼泪变成了静悄悄的大事。你的声音那么平静却让人为了爱情死去。

"杰纳维耶芙，人为爱情死去是真的吗？"

你中断念诗，你慎重思考。你无疑在蕨类植物、在蟋蟀、在蜜蜂那里寻找答案，你回答说："是的。"因为蜜蜂是为爱情而死的。这是必需的、和平的。

"杰纳维耶芙，情人是什么？"

我们想弄得她脸红。你脸没有红。她只是稍为严肃一点，正视着月色颤动的池塘。我们想情人对你来说就是这月光。

"杰纳维耶芙,你有情人吗?"

这次你脸红了吧!但是没有。你毫不拘束地笑笑。你摇头。在你的王国里,一个季节带来百花,秋天带来果实,一个季节带来爱情:人生是简单的。

"杰纳维耶芙,你知道我们今后做什么吗?"我们要把你震住,我们称你是弱女子。"弱女子,我们将会是征服者。"我们向你解释人生。征服者载誉而归,他们所爱的女人都被他们看成情人。

"那时,我们将是你的情人。女奴,给我们念几首诗吧……"

但是你再也不念了。你推开书本。你突然感到自己的生活那么确定,就像一株小树觉得自己在生长,在阳光下发芽。这一切全是必然的。我们是寓言中的征服者,但是你一心扎在你的蕨类植物、你的蜜蜂、你的山羊、你的星星上,你倾听你的青蛙的声音,你对这样的生命充满信心,它弥漫在你夜阑人静的四周,它升起在你从脚踝到后颈的体内,以迎接无法表述可是又有把握的命运。

明月高悬,是睡觉的时候了,你关上窗户,月亮在玻璃后面闪闪发光。我们对你说你关上了窗子也就关上了天空,把月亮以及一小簇星星囚禁在里面,因为我通过一切象征,通过一切陷阱,试图拉拽你透过表面,潜至海底,我们的不安在那里召唤着我们。

……我找到了泉眼。我必须有了它才能停下不旅行。它就在眼前。其他……有些女人，我们说她们在爱情之后就被远远抛在了星星上，她们不是别的，只是心的建设。杰纳维耶芙……你记得，我们说她是踏实的。我找到她，就像找到事物的意义，我在她身边走进了我终于发现了其真谛的世界……

她走向他是出于事物的必然。她作为千次分离与千次结合的媒介。她把这些栗子树、这条林荫道、这个喷泉归还给他。每样东西在其中心又承载了这个秘密，这中心就是她的灵魂。这座花园也不再像一个美国人看来那样梳理、修剪和光秃秃，而恰恰可以看到凌乱的小径、干枯的树叶和情侣走过时丢失的手帕。这座花园变成了一个陷阱。

（二）

她从来不曾对贝尼斯提起她的丈夫埃兰，但是那天晚上："无聊的晚餐，雅克，那么多人，你来跟我们一起用餐吧，我就不那么孤单了。"

埃兰指手画脚。动作太多。为什么他在亲人中间赤裸裸表现这种自信？她不安地瞧着他。这个人就是装模作样摆谱。不是出于虚荣，而是自以为是。

"亲爱的，您的看法对极了。"这个圆滑的手势，这个腔调，这种肤浅的自信，杰纳维耶芙转过头去，心都翻了！

"服务员！雪茄。"

她从未看见他如此活跃，好像对自己的权力那么陶醉。在一家餐厅，在一只酒吧高脚凳上领导世界。一句话触动一个想法，把它掀翻。一句话触动一个仆欧、一个餐厅主任，弄得他们手忙脚乱。

杰纳维耶芙半笑不笑的：为什么设这个政治饭局？为什么六个月来这么热衷于政治啦？埃兰只要觉得自己心里闪过高明的想法，可以有高明的作为，就以为自己是个高明的人了。那时他沾沾自喜，退几步对着自己的偶像自我欣赏起来。

她让他们去玩他们的游戏，朝贝尼斯转过身：

"浪子，给我谈谈沙漠吧……您什么时候回到我们身边再也不走了呢?"

贝尼斯瞧着她。

贝尼斯看在眼里的是一个十五岁女孩,她借了陌生女人的形体向他微笑,像在仙女故事里一样。一个躲着的女孩,但是这个动作一露头,就让人看出来了。杰纳维耶芙,我想起了巫术。必须把您抱在怀里,紧紧搂着直至您叫痛,这是她回到光天化日下快要哭了出来……

现在,那些男人穿着白色硬胸衣向杰纳维耶芙俯下身,极尽阿谀献媚之能事,仿佛女人是凭口舌说得天花乱坠就可以得到,仿佛女人是这么一场竞赛的奖品。她的丈夫也装出体贴的样子,今晚会渴望她。他是当其他人渴望她以后才发现了她;当她穿了晚礼服,光彩照人,乐意取悦于人,有点成了个卖弄风情的女人时才发现了她。她想:他爱的就是庸俗。为什么人家从不整个儿都爱她呢?爱她的一部分,但是让她的另一部分落在阴影里。大家爱她就像爱音乐,爱奢华。她灵气或她感性,大家就渴望她。但是她信仰什么,她感受什么,她心中想什么……大家就不在意。她对自己孩子的亲情,她非常合乎情理的操心事,这个落在阴影中的部分,都被大家忽视了。

每个在她身旁的男人变得低声下气。他跟着她鸣不平,跟着她动感情,好像为了取悦她而在说:我就是您要的那个男人。这是真的。这个他并不在乎。他在乎的或许是跟她睡觉。

她并不总是想到爱情,她没有时间!

她想起她订婚后的最初几天。她微笑。埃兰突然发现他恋爱了（他肯定已经忘记了吧？）他要跟她说话，调教她，征服她。"嗨，我没有时间……"她在小径上走在他前面，拿着一根棍子跟着唱歌的节拍神经质地拨开小树枝。浸湿的土地散发香气。树枝上的雨点落在脸上。她重复说："我没有时间……没有时间！"首先要跑到暖房去照看她的花卉。

"杰纳维耶芙，您是个残酷的女孩！"

"是的。当然。您瞧这些玫瑰，花蕊多沉！花蕊沉的花多好看。"

"杰纳维耶芙，让我抱抱您……"

"当然。为什么不呢？您爱我的玫瑰吗？"男人都爱她的玫瑰。

"但是不，不，我的小雅克，我不伤心。"她朝贝尼斯俯下半个身子："我记得……我那时是个怪怪的女孩子。我照自己的意思给自己创造了一个上帝。我遇上不称心耍孩子脾气，就会天塌似的从早到晚哭个不停。但是黑夜里灯一吹灭，我就去找我的朋友。我在祷告中对他说：我遇上了什么事，我太软弱了，生活毁了就弥补不了了。但是我把一切都给您，您比我强大得多。您看着办吧。我进入睡乡。"

然后，在那些不肯定的事物中，有太多要逆来顺受。那些书本、那些花、那些朋友由她统治着。她跟他们订过盟约。她知道令人微笑的信号、集会的口令，只消一句话："啊！是您，我的老星相家……"或者当贝尼斯走进来时："坐下吧，浪子……"每个人与她联系都通过一个秘密，通过彼此发现、彼此牵累的这份温情。最纯洁的友谊变得像一桩罪案那样丰富。

"杰纳维耶芙,"贝尼斯说,"您总是事物的女王。"

客厅的家具她稍许移动一下,这张座椅她拉了一拉,朋友很惊讶,终于发现它在世界上的真正位置。经过一整天的生活,乐声散尽,鲜花折落,静悄悄一片狼藉:这是友谊掠夺后留在地上的情景。杰纳维耶芙不声不响地在自己的王国里重建和平。贝尼斯感到曾经爱过他的小女俘内心竟是那么遥远,那么深不见底。

但是,有一天,事情闹了起来。

（三）

"让我睡吧……"

"真不可思议！起来。孩子喘不过气来啦。"

她惊醒过来，奔向床前。孩子睡着，脸烧得发亮，呼吸短促，但人平静。杰纳维耶芙半睡半醒，想到了拖轮的急迫吭气声。"辛苦！"这样已经有三天了！她脑海里没法想什么，只是弯身对着病人。

"你为什么要说他喘不过气来啦？你为什么吓我？……"

她的心还在受惊后乱跳。埃兰回答说：

"这是我相信这样。"

她知道他在撒谎。他遇上什么愁事不能单独承受，就要别人与他分担这份忧心。当他难过时，太平世界就叫他不可忍受。可是守了三夜没睡以后，她需要休息上一个小时。她已经不知道自己处于什么状态。

她原谅这些不断而来的讹诈，因为这些话……这有什么要紧？可笑，对睡眠这么斤斤计较！

"你不讲道理，"她这么说，然后为了缓和他的情绪，"你是个孩子……"

她接着立即问女护士时间。

"两点二十分。"

"啊，是吗？"

杰纳维耶芙重复说："两点二十分……"仿佛有一件急事要做。但是不。除了等待以外无事可做，就像在旅途中一样。她手指轻轻拍床，整理药瓶，摸窗户。她在创造一种无形与神秘的秩序。

"您应该睡一下啦，"护士说。

然后一片静默。然后又出现旅途中的压迫感，无形的景物在飞跑。

"这个孩子大家看着他生活，大家一直很疼爱……"埃兰大声朗诵。他要让杰纳维耶芙同情他。这个可怜的父亲角色。

"你忙你的，我的先生，找点事做做吧！"杰纳维耶芙低声劝他，"你有个生意上的约会，那就去吧！"

她推他的肩膀，但是他还在装可怜：

"你怎么能这样！现在这个时刻……"

现在这个时刻，杰纳维耶芙心里在想，但是……真是前所未有！她感到一种奇异的要整理的需要。这只花瓶移动了位置，埃兰这件大衣放在家具上，墙桌上有灰尘，这是……这是让敌人占了先着。内部溃败的暗示。她跟这场溃败作斗争。金光闪闪的摆设，排列整齐的家具，是一目了然的表面现实。所有一切健康、干净、发亮的东西对杰纳维耶芙来说，好像正在排斥那黑暗中的死亡。

医生说过："这会过去的，孩子可坚强呢。"那当然。当他睡着时，他捏紧两个小拳头抓住生命不放。这是那么美丽。这是那么结实。

"太太,您应该出去散散步,"护士说,"我过一会再走。不然我们是坚持不下去的。"

这个孩子弄得两个女人筋疲力尽,这情景很奇怪。他眼睛紧闭,呼吸短促,把她们拖到地球的绝境。

杰纳维耶芙走出去,目的是躲开埃兰。他正在向她做报告:"我最基本的义务……你的傲慢……"这些话她一句也没听懂,因为她困思蒙眬,但是有些话听在耳里还是叫她吃惊。"傲慢。"为什么傲慢?在这里说这话干吗?

医生对这个少妇很惊讶,她不哭泣,不说一句废话,像个动作规范的护士那样做他的副手。他欣赏这位会生活的娇小女人。杰纳维耶芙也把他的出诊看作一天中最好的时光。他不安慰她,什么话都不说。但是在他的心里孩子的身体情况一清二楚。因为一切严重的、暗藏的、不利的症候都表现了出来。在与暗影的这场抗争中这是多么重要的保护啊!还有前天的那场手术……埃兰在客厅里呻吟。她留了下来。外科大夫穿了白大褂走进房间,像当天的一种镇静力量。住院医生与他开始进行一场快速的战斗。说话、下命令干脆利落:"麻醉剂",然后"收紧",然后"碘酒",声音低沉,不带感情。突然,像贝尼斯在他的飞机里,她也见到灵光一现,认定会渡过难关的。

"这个你怎么看得下去?"埃兰说,"你真是个没有心肝的妈妈。"

一天早晨,她渐渐地沿着一张座椅滑下,当着医生的面昏迷过去。当她恢复神志，他没有对她说什么勇敢与希望，也不表示任何怜悯。他严肃地瞧着她，对她说："您操劳过度了。这不是在认真对待。我命令您下午出去走走。不要去剧院，那里的人眼界太狭窄，不会明白的，但是做些类似的事。"

他想：

"以上是我在世上看到最真实的事了。"

林荫道这么凉爽她没有料到。她走着回忆自己的童年，内心感到极大的平静。树木、平原。一些简简单单的东西。有一天，很久以后，她有了这个孩子，这件事没法理解，同时又最简单不过了。比其他事情都要明白无误。她帮这个孩子浮出事物的表面，处在其他的生命体中间。要描述她立即感到的体验，这类的词句是不存在的。她感到自己……是的，是这个词：聪明了。对自己有了信心，与一切有了联系，成为一场大音乐会的一部分。晚上，她让人抱她到窗前。树活着，往上长，从泥土上拽出一片春意：她是树木的同类。她身边的孩子呼吸轻微，这却是世界的发动机，他轻微的呼吸使世界有了生意。

但是三天来过得慌慌张张。做任何细小的动作——开窗、关窗——都会后果严重。再也不知道该怎么做了。她接触药瓶、床单、孩子，不知道这个动作在阴暗世界中达到什么效果。

她走过一家古玩店。杰纳维耶芙想起自己客厅里的小摆设，就像想到捕捉阳光的陷阱。一切留住阳光的东西，一切照亮后浮出表面的东西，她都喜欢。她停下欣赏这只水晶瓶里的无声微笑——陈年葡萄佳酿中闪闪发光的微笑。她在疲劳的意识里混合了光、健康和生命的确信，想望这个正在夭亡的孩子的房间里出现这道反光，像金色钉子一样固定不移。

（四）

埃兰又发起进攻。"你还有心情去玩，去逛古玩店！我决不会原谅你的！这……"他在找词，"这恶劣，不可思议，不配当母亲！"他机械地取出一支烟，一只手摇动一只红烟盒。杰纳维耶芙还听到："尊重自己！"她还想："他会不会点他的香烟？"

"是的……"埃兰慢慢放出一句话，他把真情放到最后透露，"是的……妈妈玩的时候，孩子正在吐血哩！"

杰纳维耶芙变得十分苍白。

她要离开房间，他堵住门不让她走。"留下来！"他呼吸急促像头野兽。之前让他一人焦虑不安，他要她付出代价！

"你要弄痛我了，以后你会责怪自己的，"杰纳维耶芙淡淡地说。

但是这句话针对他这个鼓足了气的皮囊，针对他面对事情的无能，像是一记狠狠的鞭子抽得他兴奋起来。他说得慷慨激昂。是的，她对他的种种努力都无动于衷，她卖弄风情，轻佻。是的，他长期蒙在鼓里，埃兰说，他把全部精力都放在她身上。是的。但是这一切毫无效果，他独自受苦，人在生活中总是孤独的……杰纳维耶芙忍无可忍，转过身去，他把她拉回来，面对面，冲着她说：

"但是女人的错误是要付出代价的。"

她还是要躲,他用一句羞辱的话来制止她:

"孩子要死了,这是上帝的指责!"

他的怒气一下子消了,像完成了一桩凶杀案。这话一出口,他自己都愣住了。杰纳维耶芙脸色煞白,朝门走了一步;他猜出他留在她心头的是个什么形象,其实他只想装出高贵的样子。他渴望抹去这个形象,进行弥补,把一个温和的形象强迫她接受。

他的声音突然嘎叫起来:

"对不起……回来吧……是我昏了头啦!"

她把手放在插销上,侧身向着他,她在他看来像是一头野兽,准备着他稍有动静就往外逃。他没有动静。

"过来吧……我有话对你说……这难……"

她保持不动,她怕什么?他就是为了一种无谓的恐惧而恼火。他要跟她说他昏了头,残忍,不讲道理,她一个人是真心的,但是她首先应该过来,表示信任,吐露心声。那时他会在她面前低首下心。那时她会明白……但这时她已经转动插销了。

他伸出手臂,猛地抓住她的手腕。她极为轻蔑地逼视他。他不服气,不惜一切代价要制服她,显示自己的力量,对她说:"看,我放手了。"

他起初轻轻地，然后又重重地拉她柔弱的手臂。她举手准备打他的耳光，但是他使这只手动弹不得。现在他弄痛了她。他觉得他弄痛了她。他想起那些孩子抓住了一只野猫，为了用力降服它，几乎把它掐死。为了用力抚摸它。为了表示温柔。他深深吸了一口气："我弄痛了她。一切完了。"他自己塑造的这个形象，叫他自己也惊慌，有几秒钟他有个疯狂的念头，把它随同杰纳维耶芙一起抹去。

他终于松开手指，有种奇怪的无能与空虚的感觉。她不慌不忙躲开，仿佛他真的不再令人害怕，仿佛什么东西突然把他置于无可奈何的境地。他不存在了。她不着急，慢慢整理头发，身子挺得笔直往外走。

晚上，贝尼斯来看她，她什么也没跟他说。这类事不说也罢。但是她要他叙述他们童年时共有的回忆，他自己在那里的生活。这样做是因为她托付他去安慰一个小女孩，因为大家用归时情景来相互安慰。

她额头靠在他肩上，贝尼斯相信杰纳维耶芙全身都躲进了那里。她无疑也是这样相信的。他们无疑不知道人在抚摸之下不冒多少风险。

（五）

"杰纳维耶芙，您这个时候上我这里来……脸色这么苍白……"

杰纳维耶芙不作声。挂钟滴答滴答声令人难以承受。灯光已与曙光融化在一起，苦涩的饮料喝了会发烧。这扇窗户令人恶心。杰纳维耶芙强自振作：

"我看到了灯光，我就来了……没什么事要说的。"

"是吗，杰纳维耶芙，我……我在看书，您瞧……"

那些简装书组成黄的、白的、红的色块。一朵朵花瓣，杰纳维耶芙想。贝尼斯等着。杰纳维耶芙依然不动。

"我坐在这张椅子上遐想，杰纳维耶芙，我打开一部书，然后另一部，我印象中都是读过的。"

他做出这副老成的样子来掩饰内心的兴奋，声音极为平静地说：

"杰纳维耶芙，您有话要跟我说吧？……"

但是在心底想的却是：这是爱情的奇迹。

杰纳维耶芙在排斥唯一的想法：他不知道……惊奇地瞧着他。接着高声说：

"我来了……"

手摸额头。

窗户发白,房间泛出鱼缸般的光泽。"灯光淡了,"杰纳维耶芙想。

然后,突然脸带沮丧:

"雅克,雅克,带我走吧!"

贝尼斯面孔苍白,把她搂住,轻轻摇她。

杰纳维耶芙闭上眼睛:

"您把我带走吧……"

时间从这个肩膀上流过,不会造成伤害。放弃一切几乎成了一种欢乐:人听之任之,被流水冲走,仿佛自己的生命在流淌……在流淌。她说出心里话:"不会给我造成伤害。"

贝尼斯抚摸她的面孔。而她想起了什么事:"五年,五年……竟这样做!"还想:"我给了他那么多……"

"雅克!……雅克……我的儿子死了……"

"您看到,我逃出了家庭。我那么需要安静。我还弄不明白,我还没有难过。我是不是一个没有心肝的妈妈?其他人哭了,还要安慰我。他们为自己那么善良感动不已。但是你看……我还没有记忆。

"对你,我什么都可说。死亡在一片混乱中降临:打针、包扎、电报。经过几个夜里没睡还以为在做梦。在诊病时头靠在墙上,空空的。

"跟大夫商量事情简直噩梦一场!今天,就刚才……他抓住我的手腕,我相信他要把我的手腕扭了。这一切就为了那一针。但是我知道……这不是时候。然后他要我原谅他,但是这没什么要紧!我回答说:'是的……是的……让我去找我的儿子。'他堵住门:'原谅我……我需要你的原谅!'真是喜怒无常。'好吧,让我过去,我原谅你。'他又说:'嘴上说说,心里没有。'这样纠缠,我变得疯了。"

"这时候,当然,结束时也没有多大失望。对平静和沉默还几乎感到惊奇。那时我想……我想:'孩子休息了。'就是这样。我也好像天蒙蒙亮时在很远的地方下了船,不知在哪里,也不再知道干什么。我想:'大家到了。'我瞧着针筒、药,心里说:'这都没有意义了……大家到了。'我昏了过去。"

突然,她惊讶:

"我来这里真是疯了。"

她感到黎明照亮了那里的一场大溃败。床单是冷的,乱的。毛巾丢在家具上,椅子倒在地上。她必须赶快去抵抗这场事物的溃败。她必须赶快把这把椅子、这只花瓶、这本书放回原处。她必须徒然弄得自己筋疲力尽,去恢复围绕生活的事物的态度。

（六）

  大家过来吊唁。说话时掌握节奏。大家勾起那些可怜的回忆，又让它在她心中沉淀，这是多么不知趣的一种沉默……她身子保持挺直，大家传来传去的那些话，其中有"死"那个词，她照样毫不婉转地说出来。她不愿意人家窥视着她，听到她说出大家等待她说的话。她眼睛直愣愣瞧着，使人不敢正视，但是一等她低下眼睛……

  其他人……那些人走到外客厅前走路平静从容，但是从外客厅到客厅快走几步，失去平衡倒在她怀里。不说一句话。她对他们不说一句话。他们把她的悲伤压了下去。他们胸前紧紧抱个身子蜷缩的女孩。

  她的丈夫现在说到出售房屋。他说："这些可怜的回忆叫我们痛苦！"他撒谎，难过这个借口几乎跟他形影不离。但是他激动，喜欢动作夸张。他今晚动身去布鲁塞尔。她稍后再去找他："要是您知道家里有多乱……"

  她的过去都崩溃了。这个客厅由长期耐心组成的。这些不是被人、被商人，而是被时间放在那里的家具。这些家具装点的不是客厅，而是她的人生。人家把这把椅子拉离了壁炉，把这只半圆桌拉离了墙壁。一切都从过去跌了出去，第一次露出一张赤裸裸的面孔。

"您也要再走吗？"她做个绝望的手势。

一千条盟约解除了。居然是一个孩子保持了世界的千丝万缕关系，让世界围绕着他进行调节？一个孩子的死亡对杰纳维耶芙竟是那么惨重的失败？

她听天由命了：

"我难过……"

贝尼斯温柔地对她说："我把您带走。我把您劫走。您记得吗？我对您说过我有一天会回来的。我对您说过……"贝尼斯把她紧紧搂在怀里，杰纳维耶芙头向后微仰，她的眼睛噙着泪水发亮，贝尼斯搂着不是一个女囚，而是这个泪汪汪的女孩。

朱比角

贝尼斯，我的老友，今天是邮包发送的日子。飞机已经离开锡兹内罗斯。不久就要经过这里，给你带去这几句责备。我对你的来信和我们囚禁的公主想了很多。昨天在海滩散步，那么空旷，那么裸露，天长地久地受海水冲刷，我想起我们也与它相仿。我不太清楚我们是否存在。有几个晚间，在悲凉的日落之时，你看到了西班牙要塞在发亮的海滩隐没。但是这种神秘的蓝色反光跟要塞不是同样的颗粒。这是你的王国。不怎么真实，不怎么可靠……但是，杰纳维耶芙，让她活着吧。

是的，我知道，让她活在今天的惶恐中。但是生活中并不多戏剧性故事。有机会经历的友谊、温情、爱情是那么少。不管你对埃兰有什么说法，一个男人并不很重要。我相信……人生建筑在其他事情上……

这些习俗，这些协议，这些法规，这一切你不觉得有必要的东西，这一切你已逃离的东西……把她框住了。

为了生存在她周围必需有长久存在的现实。但是荒谬也罢，不公正也罢，这些都只是语言。杰纳维耶芙，被你带走，杰纳维耶芙也就徒有虚名了。

此外，她需要什么自己知道吗？对财富的这种习惯本身，她不见得知道。钱，是可以获取财物的东西，引起外在的激动——而她的人生是内在的——但是财富，让事物可以持续存在。这是看不见的地下河流，它一世纪以来构筑一个家庭的四壁，积累人的记忆，这才是灵魂之所在。你会把她的人生清理一空，就像给一套公寓内不再看到的千百件组合物搬了家。

但是我在想，对你来说爱是诞生。你会以为带走的是个重生的杰纳维耶芙。爱，对你来说，是你有时在她身上看到的眼睛颜色，像一盏灯似的可以轻易点燃的。是的，在某些时刻最简单的话好像具备这样一种力量，爱是可以轻易哺养的……

生活，无疑，是另一回事。

（七）

要杰纳维耶芙去碰这块窗帘、这张椅子很为难，仿佛有的人发现了立在边境的界碑石。直到那时以前，手指抚摸是一种游戏。直到那时以前，这个背景到了时间都会轻易地出现与消失，就像在舞台上一样。她的情趣是如此可靠，从来不用问这块波斯地毯，这幅印刷画究竟是什么。它们到今天还是一间那么幽静小室内的装饰——现在她跟它们相遇了。

"这没什么，"杰纳维耶芙想，"我依然在不属于自己的生活中过着外来人的生活。"她端坐在座椅上，两目紧闭。这样在特快列车的车厢里。度过的每秒钟都把房屋、森林、村庄抛在后面。可是，若从卧铺上睁开眼睛，看到的只是一个铜环，永远是那同一个。人在不知不觉中变化。"一周后我睁开眼睛，我将是一个新人，他把我带走了。"

"您觉得我们的家怎么样？"
为什么这么早叫醒她？她张望。她不知道表达自己的感觉：这个布置缺乏长久性。它的房架也不坚固……
"你过来，雅克，有你在……"
单身公寓内沙发和墙纸上的暗淡阳光，墙上的这些摩洛哥装饰布。这一切可以在五分钟内装上、卸走。

"雅克,您为什么把墙壁遮住,您为什么愿意不让手指紧摁墙壁?……"

她喜欢用手掌抚摸石头,抚摸家里最可靠与最长久的东西。一切像一艘船可以长期运载你的东西……

他拿出他的宝物:"一些纪念品……"她明白。她认识几名殖民部队的军官,他们在巴黎过着幽灵般的生活。他们又在林荫道上相遇了,奇怪自己还活着。在他们的家里或多或少认得出在西贡的那个家,在马拉喀什的那个家。大家在里面谈女人、谈同僚、谈晋升;但是这些帷幔在那里可能跟墙壁血肉相连,在这里则像死去的一样。

她用手指碰薄片铜器。

"您不喜欢我的小玩意吗?"

"原谅我,雅克……这有点儿……"

她不敢说:"庸俗"。但是她所以有可靠的趣味,就来自她只鉴赏和热爱塞尚的真迹,而不是临摹;真正的名家家具,而不是赝品;这使她对贝尼斯的东西暗中瞧不起。她怀着最慷慨的胸怀准备牺牲一切;她觉得自己可以在一间粉刷的小室内承受生活,但是这里她感到有点败坏自己的情绪。不是富家子弟的挑剔,而是——奇怪的想法——她的直率。他猜到她的为难,但不能理解。

"杰纳维耶芙,我没有能力提供您太舒适的生活,我不是……"

"啊！雅克！您疯了，您想到哪里去了！"

这我都不在乎，——她紧紧依偎在他怀里——只是比起您的地毯，我宁愿要简单的打蜡的地板……这些都由我来给您安排吧……

她没有再往下想，她猜想她所追求的不事修饰，其实是更大的奢侈，要求的东西也多于他们脸上的这些面具。她孩子时代玩耍的大厅，这些闪光的胡桃木地板，这些实木桌子，能够穿越几个世纪也不会过时和陈旧……

她感到一阵不可名状的忧郁。不是为财富、为自己的要求而遗憾。她肯定不及雅克那么了解什么是多余的东西，但是她确切明白她在新生活中因有了多余的东西而富裕。她不需要那些东西。但是她再也得不到生活持久的保证。她想："东西比我更持久。以前我被人接受、陪伴、保证有一天会得到照顾的，现在我要比东西更持久。"

她还想："当我去乡下的时候……"她又透过茂密的椴树林看到了这幢房子。这是浮上表面最稳固的东西：宽大的条石台阶不停地往泥土里陷。

那里……她想到冬天。冬天清除树林里的全部枯木，露出房屋的每根线条。我们甚至看到世界的构架。

杰纳维耶芙走过，吹口哨唤狗。她每走一步踩得树叶沙沙响，但是经过冬天这番挑选，这番大清除之后，她知道春天将会填补地面的凹凸，攀登树枝，绽放花蕾，使拱形树冠焕然一新,让它们具有水的深度与运动。

那里,她的儿子没有完全消失。当她走进食品储藏室翻动半熟的木瓜时,他刚好走了,但是,我的孩子呵,奔跑了那么久,疯了那么多时候,是不是该乖乖睡一会儿啊?

她认出那里死者的信号,她不怕。每个死者把自己的沉默都加入家庭的沉默里。眼睛从书本上抬起,屏住呼吸,体验刚刚消失的召唤。

消失的人们?而在这些变化不定的人中间只有他们才是持久的,而他们最后的面孔是那么真实,再做什么也不能改变的!

"现在我跟了这个人,我会为他痛苦,为他怀疑。"因为既充满温情又令人反感的这种人性纠结,其成分都是天定的,她没法把它解开。

她睁开眼睛,贝尼斯在沉思。

"雅克,您必须保护我,我离开时会很穷,非常穷!"

她将生活在达喀尔的这间房子里,在布宜诺斯艾利斯的这人群中,在那个世界上——如果贝尼斯不够强的话——将只有些不甚需要、比一部书中情景略显真实的情景……

但是他弯身对着她,轻声轻气说话。他表示出的这个形象,这种出自内心的温情脉脉,她愿意尽力去相信。她确实愿意去爱爱情的形象,她只有这个脆弱的形象来保护它了……

今晚,她会在纵情中找到那个脆弱的肩膀,这个脆弱的庇护所,把脸埋在里面,像只等待死亡的动物。

（八）

"您带我上哪儿？您为什么带我上这里？"

"这家旅馆不喜欢吗，杰纳维耶芙？那我们再走吧，愿意吗？"

"好的，再走吧……"她不安地说。

车灯照得不亮。在黑夜就像在黑洞里艰难前行。贝尼斯偶尔向旁边看一眼：杰纳维耶芙苍白无色。

"您冷吗？"

"有点儿，没关系。我忘记拿裘皮大衣了。"

她是个丢三落四的女孩。她笑了。

现在天在下雨。"糟透了！"雅克心里说，但是他还想这样是在走近人间天堂。

到了桑斯近郊必须换一个火花塞。他忘了带电行灯，又是一个忘记。他手握一把滑牙的扳手在雨下摸索。"我们应该乘火车的，"他心中嘀咕个没完。他宁可开自己的车是因为车给人提供一个自由的形象：美丽的自由！可是从这次出走以来他做的尽是傻事，事事都忘记！

"您到得了那里吗？"

杰纳维耶芙来找他了。她突然觉得自己是一个囚徒，一棵树，两棵像哨兵似的树，这间不堪入目的养路工小窝棚。我的上帝，怎么会有这个想法……她难道要在这里生活一辈子吗？

事情完了，他拿起她的手：

"您发烧了！"她微笑……

"是的……我有点累，我好想睡觉……"

"那您为什么还要下车淋雨！"

发动机还是转不起来，熄火，劈劈啪啪。

"我的小雅克，我们到得了吗？"她半睡半醒，全身高烧，"我们到得了吗？"

"是的，我的爱，马上就是桑斯了。"

她叹口气，她努力在做的事已超出她的能力。这一切都由于那个喘粗气的发动机。每棵树都要花大力气往后拉。每棵树。一棵接一棵。没完没了。

这样是不行的，贝尼斯想，还得停下来。他想到抛锚就惊慌。他害怕景物停滞不动了。这引出某些在萌生的想法。他害怕某种正在显示的力量。

"我的小杰纳维耶芙，别去想这个夜里……想不久的事……想西班牙。您喜欢西班牙吗？"

一个细小遥远的声音在回答他："是的，雅克，我很幸福，但是……我有点害怕盗贼。"他看见她轻轻笑了。这句话叫贝尼斯不舒服，这句话其实只是想说：去西班牙旅行，这是个童话故事……没有信仰。一支没有信仰的军队。一支没有信仰的军队不能够胜利。"杰纳维耶芙，是今天夜里，是这场雨破坏了我们的信心……"他一下子认识到今天夜里就像是一场生不完的疾病。病的苦味就在他嘴里。这是看不到黎明希望的一个夜里。他抗争，在心里打拍子："只要天不下雨，黎明就是一帖治愈的药……只要……"他们内心有什么病了他不知道。他相信这是大地烂了，这是黑夜病了。他期望黎明，就像绝症病人说："天亮我去呼吸新鲜空气，"或者："春天来了我就会年轻的……"

"杰纳维耶芙，想想我们在那里的家……"他立即醒悟他不应该说这样的话。什么都还不能够在杰纳维耶芙心里建立家的形象。"是的，我们的家……"她试着读这个词的声调。她的热情在滑落，她的乐趣是飘忽的。她搅动许多她自己也不清楚、即将形之于言词的想法，许多叫她害怕的想法。

他不认识桑斯的旅店，在一盏路灯下停车，查一查旅行指南。一盏快要熄灭的煤气灯摇晃着影子，使一块褪色滑落的布招牌在白灰墙上活了起来："自行车……"他觉得这是他一生中见到最悲哀与最庸俗的词。平庸生活的象征。他觉得他在那里的生活中许多东西是平庸的，但是以前他没有发觉。

"借个火，布尔乔亚……"三个骨瘦如柴的顽童嬉皮笑脸瞧着他。"这些美国人，在找路……"然后他们盯着杰纳维耶芙。

"你们给我滚开，"贝尼斯大吼。

"你的妞，嗲得来。但是你看到二十九号我们的那个……"

杰纳维耶芙有点惊慌，身子向他靠。

"他们说什么？……我求您，我们走吧。"

"但是杰纳维耶芙……"

他忍住，闭上嘴。他必须找个旅店……这些喝醉的野孩子……又怎么样呢？接着他想她身上发烧，她难受，他应该不让她碰见这种事。他带着病态的固执，责备自己让她卷进一些丑事中去。他……

环球旅馆关上大门。所有这些小旅店在夜里都像缝纫用品商店的样子。他门敲了很久，直至有人拖着脚步过来。值夜人打开半扇门：

"客满。"

"我求求您啦，我的妻子病了！"贝尼斯坚持。门又关上。脚步往走廊深处走去。

一切都串通一气来对付他们。

"他说什么？"杰纳维耶芙说，"为什么，为什么他连话都不回答？"

贝尼斯差点要她看一看，他们这里不是旺多姆广场，肚子一吃饱，小旅店都入睡了。这比什么都正常。他坐下，不说一句话。脸上汗水闪烁。他不发动，但是盯住一段发亮的路面；雨水从他的脖子往下流，他觉得要把这块死气沉沉的土地摇醒。重新想到了这个愚蠢的主意：当天亮的时候……

在这一分钟，确实需要说句有人情味的话。杰纳维耶芙试探着说："这一切都没什么，我的爱。为我们的幸福自然要辛苦一点。"贝尼斯凝视她："是的，您真是宽宏大量。"他感动。他真想拥抱她，但是这雨、这不舒服，这累……他还是握住她的手，感到她的体温更高了。每一秒钟都在摧残她的身体。他依靠想象的事来使自己镇静下来。"我给她煮一杯滚烫的格罗格酒。就会没事的。一杯滚烫的格罗格酒。我用毯子裹住她。我们对着看，把这场艰难的旅行当作笑话说。"他感到一种模糊的幸福感。但是当前的生活情景与这些想象格格不入。另外两家旅店依然毫无动静。这些想象。必须每次把它们重新过一遍。每次它们也更为黯淡，它们包含的梦想成真的能力也微乎其微了。

杰纳维耶芙早已不说话了。他感到她不抱怨，也不说什么。他可以开上几小时，几天，她也不说什么。再也不说什么。他可以扭弯她的手臂，她不说什么……"我在胡说八道，在瞎想！"

"杰纳维耶芙，我的孩子，您难过吗？"

"不，这过去了，我好些了。"

她刚才对许多事感到无望。把它们放弃了。为了谁？为了他。一些他不能给她的东西。这更好……这一根弹簧折了。她更顺从了。这样她将过得愈来愈好，她甚至会放弃幸福。当她过得完全好了……"嘿！我是个大傻子，还在瞎想。"

希望与英格兰旅馆。商务旅客享受特价。"杰纳维耶芙，您靠着我的胳膊……是的，要个房间。太太病了，快来杯格罗格酒！一杯滚烫的格罗格酒。"商务旅客享受特价。为什么这个句子是那么可悲？"坐这张椅子，这会好些。"格罗格酒怎么还不来？商务旅客享受特价。

那位上了年纪的女佣很殷勤："来啦，我的小太太，可怜的太太。她全身发抖，面孔煞白。我给她烧壶热水。上十四号客房，一个漂亮的大房间……先生可不可以登记一下？"他手指捏着一支肮脏的蘸水笔，注意到他们的姓氏不一样。他想把自己说成是照顾杰纳维耶芙的仆人。"都是我的错，没有品位。"这次还是她帮他解的围，她说：

"填情人，不是很亲切么？"

他们想到了巴黎，想到了丑闻。他们看到不同的面孔群情激昂。对他们来说仅仅只是困难的开始，但是他们相互一句话也不提，害怕他们的想法不约而同。

贝尼斯明白直到目前为止还是什么也没发生，除了一座发动机性能欠佳，淋了几滴雨，花了十分钟寻找旅馆。他们觉得克服了累人的困难，其实这些困难来自他们自己。杰纳维耶芙在跟自己过不去，她那么费力自拔，以致弄得心力交瘁。

他握住她的手，但是还是知道语言帮不了他的忙。

她睡着。他不去想爱情。但是他思想奇奇怪怪的。往事的重现。灯的火焰。必须赶快给灯加油。但是同时必须保护火焰不被大风吹灭。

但是，尤其是这种洒脱。他原来以为她贪图安逸。为物质难过，为物质感动，像孩子似的哭着要喂。而今，尽管贫困，他还是要给她许多东西。但是，他身无长物，在这个不饥饿的孩子面前跪了下来。

（九）

"不。没什么……我自己来……啊！不早啦？"

贝尼斯站着。他梦中的动作像纤夫的动作那么沉重。像使徒的动作，把你从自己的深处引导到阳光前。他的每一步都充满意义，像舞蹈家的舞步。"呵！我的爱……"

他踱来踱去：这可笑。

那扇窗子给晨光照出了肮脏。那个夜里，它蓝得发暗。它在灯光照耀下，如蓝宝石一般深邃。那个夜里，它透明直接见到星光。人在做梦，人在想象。人站在一艘轮船的船头。

她收回双膝抱紧，觉得身子发软，像没烤好的面包。心跳太快，难受。这样在一节车厢里。轮轴声在给逃离打拍子。轮轴像心一样跳动。额头贴在玻璃窗上，景物在流逝。地平线接纳一团团黑影子，渐渐把它们笼罩在自己的和平中，这一切像死亡那么温柔。

她正想对那个男人叫："把我留下吧！"爱情的双臂把你们抱住，连同你们的现在、过去、未来，爱情的双臂把你们拉在一起……

"不。我自己来。"

她站起。

（十）

这个决定，贝尼斯想，这个决定是在我们之外做出的。相互没有讲过话就做了出来。这样回去好像事先就商定好了似的。人病成这样自然不能继续了。以后再看啦。离家没多久，埃兰在外地，事情不会露出破绽。贝尼斯奇怪这一切都显得那么轻松。他知道事实不是如此。这是因为他们可以不费气力去做。

况且，他怀疑自己。他知道他还是在某些想象前退缩了。但是，想象又是来自深处什么呢？今天早晨醒来时，他对着眼前这块低矮灰暗的天花板立即想到：

"她的家是一艘船。把好几代人从此岸送到彼岸。旅行在这里与他处都没有意义，但是有了船票，坐上舱位，带了黄皮箱包感到多么安全啊。上了船……"

他还不知道他是否会难过，因为他正在走一条坡道，未来朝他走来而他又没法把它抓住。当人自暴自弃时不会难过；当人在悲哀中自暴自弃时就不再难过。以后面对某些形象时才会难过。他从而知道他们扮演后半部角色较为胜任，因为内心已有所准备了。他是在操纵一台转动不灵的发动机时对自己说这番话的。但是会到达的。走在一条坡道上。总是这坡道的印象。

将近枫丹白露时,她口渴。景色的每个细节都熟识在心。他平静地停好车。他安慰。上升至白天的必须是这么一个环境。

这家小餐馆给他们送上了牛奶。不用匆匆忙忙了吧?她小口呷牛奶。不用匆匆忙忙了吧?发生的事都必然发生在他们身上了。总是这个必然的印象。

她温柔。她为许多事感激他。他们的关系要比昨天自由得多了。她微笑,指着门前啄食的小鸟。她的脸在他看来是新的,他在哪儿见过这张脸?

在旅行者身上。这是生活将在某秒钟内从你的生活中剥离的旅行者身上。在河滨道上。这张脸已经能够微笑,依靠未知的热忱活着。

他又抬起眼睛。她露出侧面,低下头,在遐想。她若稍微侧转头,他就失去了她。

肯定她始终爱着他,但是对于一个脆弱的少女不可以有太多要求。他显然不能说"我还给您自由",也不能说句同样愚蠢的话,但是他说起他打算做的事,他的前途。在他给自己构建的生活里,她不是个囚徒。为了感谢他,她把她的小手放在他的胳臂上:"您是……我全部的爱。"这是真的,但是他从这些话里也听出他们天生不是一对儿。

既固执又温柔。几近无情,残酷,不公正,但是对这点并不自知。会急于不惜一切代价捍卫某种说不清楚的利益。既安静又温柔。

她生来也不适合埃兰。这个他知道。她说到她要重过的生活，从来给她造成的只是损害而已。那么，她天生适合什么呢？她看上去并不为此难过。

他们又上路了。贝尼斯稍稍向左靠。他知道也不要难过，但是他心中的小动物肯定受了伤，它的眼泪是不可解释的。

在巴黎，毫无动静。没有引起任何风波。

（十一）

这又有什么好呢？城市在他四周毫无用处地搅扰。他知道他从这种混乱中再也没有什么可取的。他慢慢逆着陌生的人群走。他想："好像我不在这里似的。"他不久又该离开了，这很好。他知道他的工作环绕他产生非常具体的联系，使他重新获得一种现实感。他也知道日常生活中跨出一小步，也具有完成了一件事的重要性，那个精神上的溃败也就失去了一点意义。中途站上的说说笑笑依然保持着它的魅力。这奇怪，然而肯定。但是他对自己不感兴趣。

他经过巴黎圣母院时，走了进去，奇怪里面人群密集，他躲在一根柱子后面。他为什么来这里呢？他问自己这个问题。不管怎样，他来了，因为这里待上几分钟会有所收获。在外面这段时间不会给他带来什么。是这样，"在外面待上几分钟只会是一无所获"。他还感到有必要自我认识一番，把自己托付给信仰，就像托付给任何一种哲学体系。他心想："我若找到一个信条，它表达我的思想，它凝聚我的意志，对我来说这就是真的。"然后他又沮丧地说："可是，我是不会相信的。"

突然，在他看来这又是一趟海上航行，他的一生就是这样消耗在试图逃离上。布道一开头就让他不安，仿佛是一次出发的信号。

"天国，"布道师说，"天国……"

他双手压在椅子的宽大边沿上……朝着听众俯下身。听众挤在一起，专心聆听每句话。心灵滋养。有些形象又袭上他的心头，清晰明白出乎意外。他想到钻入鱼篓里的鱼，又毫无联系地加了一句：

"当加利利的渔民……"

他只是使用那些会带来一连串往事和持续存在的词句。他好像在听众身上慢慢加重压力，渐渐加强冲势，像赛跑者的步子。"你们如果知道……你们如果知道多少爱……"他停下，有点气喘；他的感情太丰满了，难以表达。他懂得广泛使用的普通词显然包含着太多的意思，他再也分不清楚在此恰当表达的词汇。烛光使他面孔发黄。他挺一挺身，两手撑着，额头抬着，人笔直。当他放松时，这些听众也像海水稍稍晃动。

接着词句又来了，他说话。他带着惊人的自信说话。他像个孔武有力的装卸工那样轻松愉快。想法在他的身外形成，进入他的内心，当他说完句子时，就像人家给他递上了一个包裹。首先他心里模模糊糊升起那个形象，再在形象里套上那个公式，说得教民口服心服。

贝尼斯现在听布道。

"我是一切生命的源泉。我是潮水，进入你们体内，激励你们，然后退去。我是恶，进入你们体内，撕裂你们，然后退去。我是爱，进入你们体内，永久留驻。

"你们过来用马西昂[①]和第四部《福音书》反对我。你们过来跟我谈经间插入句。你们过来抛出你们可怜的人性逻辑来反对我，而我是超越的那个人，而我把你们从中拯救！

"囚徒呵，你们要懂得我！我救你们摆脱你们的科学、你们的公式、你们的法律，这个精神奴役，这个比宿命更为蛮横的决定论。我是盔甲上的拼条。我是监狱上的天窗。我是计算中的错误：我是生命。

"你们用积分算出了星辰的运转，实验室的一代人呵，你们也就对它不再了解了。这成了你们书中的一个符号，不再是光明了。这事你们知道的比一个男孩子还少。你们甚至还发现了掌控人类爱情的规律，但是这种爱却不是你们的符号所能捕捉的，这事你们懂得的比一个女孩子还少。好吧，上我这里来吧。光明的这种柔情，爱情的这种光明，我把它们还给你们。我不奴役你们，我拯救你们。那个人第一个计算出水果的跌落，把你们关进这场奴役中，我把你们从他那里救出来。我的家是唯一的出路，出了我的家你们会变成什么呢？

"出了我的家，出了这艘船，你们会变成什么，在这里面时间的流逝自有其丰富的意义，就像海水对着发亮的艏柱流逝。海水的流逝无声无息，但承载着岛屿。海水的流逝。

[①] 马西昂（约110—约160），早期基督教异端马西昂派教会的创始人。

"上我这里来吧,对你们毫无结果的行动是苦涩的。

"上我这里来吧,对你们只会陷入法律的思想是苦涩的……"

他张开双臂:

"因为我是个接待的人。我过去承载着人间罪恶。我承载了它的恶。我承载了你们这些失去幼崽的野兽的伤痛和不可痊愈的疾病,你们得到了解脱。但是你们的恶,我今天的子民,是一种更深重、更难补救的苦难,可是我把它与其他的恶一样承载。我将承载更沉重的精神锁链。

"我是个承载人间枷锁的人。"

那人在贝尼斯看来是个绝望的人,因为他呼喊不是为了得到一个信号。因为他没有要求信号。因为他在自问自答。

"你们将是些在游戏的孩子。

"你们每天无谓的努力,使你们筋疲力尽。到我这里来吧,我给予你们的努力一个意义,它们将建立在你们心中,我将使之成为人的成就。"

这话传进人群。贝尼斯不再听到说话,但是有什么在他心中产生,像个主题反复出现:

"……我将使之成为人的成就。"

他感到不安。

"今日的情人,上我这里来吧,你们的爱,干枯、残酷、绝望的爱,我将使之成为人的成就。

"上我这里来吧,你们对肉欲的匆忙,你们悲伤的归来,我将使之成为人的成就。……"

贝尼斯觉得苦恼之情在增加。

"……因为我是那个对人赞美的人……"

贝尼斯陷入了彷徨。

"我是唯一能够把人归还自己的人。"

教士不说了。他疲惫,朝祭台转过身。他崇拜他刚才树立的这位神。他觉得自己卑微,好像他把一切奉献了,好像肉体的疲惫是一份献礼。他不知不觉把自己等同于基督。他朝祭台转过身后又说,速度慢得令人害怕:

"我的父,我相信他们,因而我给出了我的生命……"

最后一次俯身向群众:

"因为我爱他们……"然后他发抖了。

静默在贝尼斯看来很奇妙。

"以父的名义……"

贝尼斯想:"那么绝望!信德的行为在哪里?我没有听到过信德的行为,而是一声极端绝望的尖叫。"

他走出门。弧光灯不久就要点亮。贝尼斯沿着塞纳河河堤走。树木纹风不动,凌乱的树枝凝结在厚重的黄昏中。他内心已经平静,是因为白天无所事事而来的,有人则相信是为了一个问题得到了解决而来的。

可是这个黄昏……十分戏剧化的幕布,已经在帝国的废墟、溃败的夜晚和脆弱爱情的结局中使用过,明天还会在其他的喜剧中使用。这块幕布在黑夜宁静时,在人生迟滞不前时都令人不安,因为不知道在搬演的是什么戏。啊!是什么把他从人性焦虑中拯救出来?……

弧光灯全都同时亮了起来。

（十二）

几辆出租车。几辆公交车。不可名状的喧闹，贝尼斯，迷失在这里不是很好吗？一个大个子插在柏油路上。"喂，让一让！"那些女人，一生也只能遇见一次，不能错失良机。那边，蒙马特尔灯光逼人。已经有妓女在搭讪。"好上帝！快啊！……"那边，另有一些女人。一些西班牙人，像珠宝盒，女人即使没有姿色的，也有一个宝贵的肉体。五百张票子的珍珠挂在肚子上，还有这样的戒指！奢侈的肉团团。还有一个着急的女孩："放开我，你！我认识你，皮条客，滚吧。让我过去吧，我要过日子！"

这个女人在他面前吃夜宵，穿礼袍，三角领口，背全裸。他只看到这个后颈，这两个肩膀，这个看不见东西的背，上面的肉在急速颤动。物质不断重新组合，不可察觉。当那个女人抽烟时，拳头支着下巴，低着头，他看到的只是一片荒漠了。

一堵墙，他想。

舞女开始她们的游戏。舞女的步子富有弹性，芭蕾的灵魂借给她们一个灵魂。贝尼斯喜欢这个将她们平衡托起的节奏。这种平衡处于极大的威胁中，但是她们总是满有把握地恢复，令人惊讶。她们搅得人的感官不安，当形象正要建立和即将进入休止、死亡和分解成动作的时候，又把它解开了。这其实是欲望的表述。

在他面前是这个神秘的背，像湖面那样平滑。但是一个初起的动作、一个想法或一个寒颤，都会在上面引起一个会扩大的影子漪澜。贝尼斯想："我需要在这下面的隐秘蠕动的东西。"

舞女在沙子上画出然后又抹去几个谜后，谢场退下。贝尼斯向身姿最轻盈的舞女打了个手势。

"你跳得真好。"他猜测她的身体重量，那就像水果的果肉。他发现她身子沉重，这倒没有想到。一种富态。她坐下。她目光专注，剃过毛的后颈有点牛性的东西。这是这个身体上最不灵活的关节。她的面孔也无秀气可说，但是全身上下显得平心静气。

然后，贝尼斯看到她的头发被汗水粘住。脂粉里现出一条深皱纹。一件褪色的饰物。她走出了舞蹈，就像走出了生存之地，显得憔悴和可怜。

"你在想什么？"她做了个笨拙的手势。

这整个夜生活的喧闹有了一个意义。酒保、出租车司机、酒店领班的喧闹。他们在干自己的活儿，归根结底是把这杯香槟和这个累乏的女人推到他面前。贝尼斯从大幕后面来看生活，那里一切都是工作。那里没有罪恶，没有美德，没有暧昧的感情，但是这是一份工作，跟他们团队的工作一样按照常规办事、一样中性。这场舞蹈也是如此，它把姿势编在一起，形成一种语言,只能向外人去说。只是外人在这里发现一个结构,但是他们与她们早已忘记了。犹如那位音乐家,他把同一首曲子演奏了一千次,丧失了对它的感觉。这里,她们在聚光灯下跨出舞步,做出表情。但是只有上帝知道有什么投入。这一位只关心隐隐作痛的那条腿,那一位只想到——啊,可怜哪!——舞蹈后的约会。这位想到:"我欠一百法郎……"那位可能还是:"我痛。"

在他心中一切热忱都已经烟消云散了。他心想:"我向往的东西你一点也不能给我。"然而,他的孤独如此无情,他不得不为此需要她了。

（十三）

她担心这个沉默的男人。当她夜里在睡着的人身边醒来时，她印象中是被人遗忘在一片荒凉的海滩上。

"把我抱在你怀里！"

她还是感觉温情的冲动……但是在这个身体中关闭着这个陌生生命，在额骨下隐藏着这些陌生梦想。她横卧在这个胸脯上，感到男人的呼吸如波涛似的起伏不定。这是一种渡海的焦虑。如果耳朵贴在肉上倾听心的沉着的跳动声，这台转动的马达，或者这个拆建工人的砍斧声，她体验到一种飞快、不可捕捉的逃逸。还有当她说一句话把他从梦中闹醒时的这种沉默。她计算说这句话与这声回答之间的秒数，像在测定暴风雨——一秒……两秒……三秒……他远在乡野之外。他若闭上眼睛，她拿住和捧起这颗沉甸甸像死人的头颅，要用两只手如同捧起一块石头。"我的爱，伤心啊……"

神秘的旅伴。

两人都直躺着，默不作声。他们感到生活像一条河流穿过身子。令人眩晕的逃逸。身体：放入激流中的独木舟……

"几点钟了？"

大家要对时间，奇怪的旅行。"呵，我的爱啊！"她紧抱他，头往后仰，头发凌乱，从水里拉出来。女人不论从睡眠还是从爱情中出来，这绺头发贴在额头，这张沮丧的脸，都像从海里回来似的。

"几点钟了？"

嗨！为什么啦？这些钟点像外省小车站那样过去了——午夜十二点、一点、两点——抛在后面了无影踪。有些东西在指缝中溜了过去，留不住。岁月老去，无所谓的。

"我能够很好想象你白发苍苍的样子，而我贤淑地做你的朋友……"

岁月老去，无所谓的。

但是，受挫的这一时刻，今后的平静，还有待时日，这个令人劳累。

"给我说说你那个地方吧？"

"那边……"

贝尼斯知道这是不可能的。城市、海洋、祖国：个个都一样。偶尔，事情飞逝的一面，你猜到而不明白，也不会重现。

他用手碰这个女人的腰肢，那个部分的肉毫无防御。女人：娇嫩润滑的裸身，照上一点光就亮晶晶的。他想这个神秘的生命，使他兴奋，使他温暖，如同太阳，如同内心气候。贝尼斯不对自己说她是温柔的，她是美丽的，而说她是温暖的。像动物那样温暖。生气勃勃。这颗心永远在跳动，隐藏在这个身体里的源泉，与他的源泉不同。

他想到这份快感，在他心里展翅拍打了几秒钟：这只疯狂的鸟拍打翅膀，死去。而现在……

现在，天空在这扇窗户里颤抖。呵，爱情后的女人神情溃散，头脑里对男人不存有欲望。被抛进冰冷的群星中。心的景色变化竟是那么快……欲望被穿越，温情被穿越，火的河流被穿越。现在纯洁，寒冷，摆脱了肉体，独立船头驶向大海。

(十四)

这间秩序井然的客厅像一座月台。快车始发前,贝尼斯在巴黎度过了几个荒漠般的钟点。他额头贴着车窗瞧着人潮流过。他被这条河流隔开了。每个人都在制订自己的计划,匆匆忙忙。

在他身外定计设套,又都见招拆招。这个女人来了,刚走了十步,走出了时间。这群人以前是生命体,喂你们眼泪,喂你们笑,现在他们在这里如同一群死人一般。

第三部分

（一）

欧洲、非洲一边在各处清除白天最后的暴风雨，一边前后相隔不久准备着迎接黑夜。格拉纳达的暴风雨正在平静，马拉加的暴风雨转成多雨。在某些角落，狂风还在把树枝像头发那样揪住不放。

图卢兹、巴塞罗那、阿利坎特送出邮包后正在整理辅助设备，把飞机开进机库，关上库门。马拉加白天等待班机，也就没有必要准备工作照明。再说他也没有降落。他大概低空继续飞往丹吉尔去了。今日还要凭罗盘在二十米的高度飞过海峡，还看不到非洲海岸。西风强烈，吹得海面下陷。溅起的浪头变成白的。每艘下锚的船只船头迎着风，全身铆钉都在大海中一样用足了劲。英国悬岩在东边形成一个低压区，滂沱大雨往里灌。乌云在西边升高一层楼。在海的另一边，丹吉尔在雨中冒气，雨水急得像在给城市冲洗。地平线上乌云密集。可是，向着拉腊歇的天空则一片清澈。

卡萨布兰卡对着敞开的天空呼吸。七零八落的帆船使港湾非常触目，像经过了一场海战。海面经暴风雨的耕耘，只留下了有规则的长波纹，像扇子似的向外扩散。田野好像更绿了，在夕阳下像个深水塘。城市内积水未退的广场到处发光。电工在发电机组木棚里闲着等待。阿加迪尔的电工还有四小时上班,在城里吃饭。艾蒂安港、圣路易、达喀尔的电工可以安心睡觉。

晚上八时,马拉加传来电报:

"班机经过,没有降落。"

卡萨布兰卡在试用照明设备。一排标志灯切出一片红色的夜,一个黑色的矩形。前后有一个灯坏了,就像缺了一颗牙齿。然后第二个开关接通导航灯。在机场中央洒上一摊像牛奶似的灯光。音乐厅演员还没有上场。

有人在搬移一面反射镜。无形的光束挂在一棵湿漉漉的树上。它像水晶微微闪光。然后又是白色木棚,面积巨大,影子在旋转,然后又打散。终于那个光晕从高处下来,找到自己的位置,又给飞机划定这条白色的边线。

"好,"场长说,"关了吧。"

他回到办公室,查阅最新的报告,凝视电话,心里一片空白。拉巴特马上会来电话。一切准备就绪。机械师坐在油桶上,坐在木箱上。

阿加迪尔弄不明白。根据种种计算,班机早已离开卡萨布兰卡。大家窥伺它时时刻刻会到。金星已十次被误认为是飞机的机翼灯,刚从北方升起的北极星也是这样。大家等待,只要看到多了一颗星辰,看到它在星辰中间徘徊找不到位子,就打开探照灯灯光。

机场场长感到为难。他要不要发起飞信号?他怕南方有雾,甚至到努恩河,甚至还到朱比角都不散,而朱比角不管无线电怎么呼叫就是默不作声。黑夜里可不能把"法-美"班机往棉花堆里塞！撒哈拉站一直神秘莫测。

可是在朱比角，我们与世隔绝，像一艘船那样发出求救信号：

"告知航班消息，告知……"

锡兹内罗斯老提同样的问题烦我们，我们已不再回答。我们这样彼此千里相隔，在黑夜中徒然相互埋怨。

二十时五十分，一切都缓解了。卡萨布兰卡和阿加迪尔可以通电话。至于我们的发报机也接上线了。卡萨布兰卡在说话，它说的每个字都重复传至达喀尔。

"班机二十二时起飞前往阿加迪尔。"

"阿加迪尔呼叫朱比角：班机将在零时三十分抵达阿加迪尔。我们能让它飞往你们那里吗？"

"朱比角呼叫阿加迪尔：有雾。等待白天。"

"朱比角呼叫锡兹内罗斯、艾蒂安港、达喀尔：班机将在阿加迪尔过夜。"

飞行员在飞往卡萨布兰卡去的航程记录上签字，在灯光下眨眼睛。刚才，每眨一下眼睛都只是一个小小的战利品。有时候，贝尼斯应该感到幸福，在海水与陆地交界处有不成形的白色波涛作为向导。现在，在这间办公室内，满眼是文件柜、白纸、笨重的家具。这是一个在物质上既紧密又慷慨的世界。在门框里则是一个被黑夜清空的世界。

他脸发红，因为风在他的腮帮上摩挲了十个小时。有几滴水从他的头发上掉下。他走出黑夜，就像下水道工人走出地洞，穿厚靴子、皮衣、头发沾在额头上，眼睛眨个不停。他停下步子。

"……您还想让我继续飞吗？"

场长翻动航程记录，面有愠色：

"等会儿告诉您什么，就做什么。"

他已经知道他不要求再飞了，飞行员则知道他会要求他再飞的。但是各人都要证明自己是唯一的法官。

"把我蒙上眼睛关进一只带气门杆的柜子，要我把这家具送到阿加迪尔：您要我做的就是这个吧。"

他内心有那么多事，才不会花费一秒钟去想个人的意外事：这些想法只能来自空虚的心，但是这柜子的形象叫他沾沾自喜。有些事不可理喻……但是他还是会做成的。

场长打开一道门缝，把他的香烟抛进黑夜。

"嘿！看见啦……"

"什么？"

"星星。"

飞行员火了。

"我才不管您的星星，只看到三颗。您又不是派我飞火星，而是阿加迪尔。"

"月亮一小时后升起。"

"月亮……月亮……"

这个月亮叫他脾气更大：他难道是在等着月亮练习夜间飞行吗？他还是个学员吗？

"好。明白啦。就这样！留下吧。"

飞行员静了下来，打开还是昨晚的三明治，安心地咀嚼。他在二十分钟后离开。场长在微笑，他手指在电话上轻弹，知道他不久要签起飞命令。

现在一切安排就绪，有一段空闲。偶尔也像是时间停了下来。飞行员一动不动，在椅子上俯身向前，膝盖之间那双沾满油污的手。他的眼睛停滞在墙壁与他之间。场长斜坐着，嘴巴微张，像在等待一个秘密信号。女打字员打哈欠，拳头托着下巴，肘子撑在桌子上，感到睡意一阵阵袭来。有一只沙漏无疑在流动。然后远处一声声叫喊，犹如大拇指推动着机器运转。场长举起一个指头。飞行员微笑，直起身，胸膛吸满新鲜空气。

"啊，再见啦。"

偶尔也像是一部片子中断了。什么都卡住不动，如同一场昏迷，每秒钟都更严重，然后生命又开始了。

起初，他印象中不是在起飞，而是被关进了一个潮湿寒冷的洞穴，他的发动机就像有海水在里面澎湃咆哮。然后给什么东西抬了起来。白天，丘陵浑圆的背脊、海湾的线条、蔚蓝的天空组成一个世界，把你也包含在内，但是他还处在这一切之外，在一个正在形成的世界，那里自然元素还混淆不清。平原延伸，带走了最后的城市，马扎干、萨菲、摩加多尔，它们像玻璃棚从下面把他照亮。然后,最后的农庄闪着光,那是大地最后的机翼灯。突然他眼前一片漆黑。

"好!我现在回到一团乱麻中。"

他注意坡度计、高度计,顺着下降要钻出云层。一只微弱的红灯叫他眼花,他把它关了。

"好,我钻了出来,但是什么也没看见。"

小阿特拉斯山的最初几座山峰夹在两条河流之间,看不见影子,听不到声音,像在漂移中的冰山。他猜到它们顶在他的肩膀上。

"好,情况不妙。"

他转过身。机械师是唯一的乘客,膝盖上一只手电筒,正在读一本书。从机舱里只露出低垂的头,还有一些倒影。头被里面的光照着,像灯笼似的,在他看来很奇怪。他喊叫:"嘿!"但是他的声音消失了。他用拳头敲打钢板。那人从灯光中钻出,还是在看书。当他翻过那一页,面孔好像很沮丧。"嘿!"贝尼斯还喊了一声。这人只差两臂距离,却远不可及。他放弃联络,朝前转身。

"我应该飞近吉尔海峡了,但是我愿意有人把我挂住……情况很不妙。"

他考虑:

"我大概过于进到海面上了。"

他用罗盘修正航向。他觉得自己奇怪地被抛进右边大海上,像一匹易惊的母马,也像左边的群山真的向他压过来。

"天大概下雨了。"

他伸出手,打到雨点子。

"二十分钟后,我向海岸靠,那里是平原了,我风险小些……"

但是一下子,雨过天晴!天空扫清了乌云,所有星星都洗得鲜亮。月亮……月亮,唔,最好的明灯啊!阿加迪尔的机场将亮三次,像一块灯光广告牌。

"我才不在乎它的灯光呢!我有月亮……!"

（二）

白天在朱比角拉开帷幕，舞台在我面前显得空荡荡的。没有光影，没有中景。这个沙丘始终在原地，还有这座西班牙要塞，这片沙漠。它缺少那个即使无风也使草原和海洋丰富多彩的微小运动。带着骆驼队缓缓前行的游牧人看到沙子颗粒变了样，晚间在处女地一般的背景前竖立他们的帐篷。我可以在最微小的移动中感受沙漠的广袤无垠，但是这个不变的景色像一张画片限制了我的思想。

相应于这口井的是三百公里外的另一口井。相同的井，表面相同的沙和一模一样布置的地面褶皱。但是，那里，事物的质地是新的。就像海面上每一秒钟的白沫更新不已。这要到了第二口井我会感到孤独，这要到下一口井抵抗区才会真正神秘了。

那个白天赤裸裸过去了，没有添加什么事件。这是天文学家的太阳运动。大地之腹朝着太阳好几小时。这里，语言渐渐失去了我们人类向它提供的保证。它包含的仅是些沙子。那些最沉重的词，如"温情""爱"，压在我们心上毫无分量。

"你五点从阿加迪亚起飞，应该已经着陆。"

"他五点从阿加迪亚起飞，应该已经着陆。"

"是的，老弟，是的……但是刮东南风。"

天空是黄的。几小时后,由北风几个月塑成的一片沙漠,将被风掀得天翻地覆。日子混乱不堪,沙丘遭到横扫,把它们的沙子拉成一绺绺长线,每个沙丘都在放线,在更远处重新绕成另一个线团。

我们细听。不。这是海。

一架班机在空中,这没什么。在阿加迪尔与朱比角之间,在这个未经开拓的抵抗区上空,这就成了哪儿都没着落的一位同志了。过一会儿,在我们的天空像会出现一个不动的信号。

"五时从阿加迪尔起飞……"

大家隐约想到出事了。一架班机遇上故障,这没什么,大不了继续等待,讨论有点恼火,变了味。然后,时间变得太宽裕,大家用小动作、断断续续说话也难以填满……

突然,桌子上响起一记拳头声。"天哪!十点了……"这一叫让人振作,意味一位同志落到了摩尔人手里。

报务员跟拉斯帕尔马斯联系。柴油机轰隆隆喘气。交流电机像涡轮那么打鼾。他眼睛盯住安倍表,每次放电一清二楚。

我站着等待。那人侧着身子把左手伸给我,用右手一直操纵。然后他对我大喊:

"什么?"

我什么话也没说过。二十秒过去了。他还在喊,我没听见,我说:"啊,是么?"我的周围一切都在发光,半开半闭的百叶窗透过一道阳光。柴油机的连杆发出潮湿的闪电,搅动这道光。

报务员最后整个身子转向我，卸下他的耳机。发动机打了几个喷嚏，不响了。我听到最后几个字，是声音静下来后听到的，他对着我叫喊，仿佛我在一百米开外。

"……根本没理！"

"谁？"

"他们。"

"啊！是么？您能接通阿加迪尔吗？"

"还不到接头的时间。"

"还是试试吧。"

我在记事本上涂写：

"班机没到。是否没起飞？句号。请确认起飞时间。"

"把这个发给他们。"

"好的。我马上呼叫。"

杂声又响了。

"怎么啦？"

"……待。"

我走了神，我在胡思乱想。他要说的是：等待。谁驾驶班机？是你，雅克·贝尼斯，你就是这样处于宇宙之外，时间之外吗？

报务员要大家不说话，接通插头，又戴上耳机。他用铅笔轻弹桌子，瞧钟点，立刻打起哈欠。

"有故障，怎么会？"

"您要我怎么知道！"

"这倒是的。啊……没什么。阿加迪尔没有听见。"

"您再来一下?"

"我再来一下。"

发动机震动了。

阿加迪尔一直哑然无声。我们现在在捕捉它的声音。它若跟另一个站在讲话,我们就插进去讲。

我坐下。我无所事事,拿起一副耳机,跌进了一个鸟声嘈杂的笼子里。

拖长的、短促的、颤声快速的,我实在破解不了这种语言,我原来以为天空如荒漠一片,却发现那么多声音。

三个站在说话。一个不说了,另一个又进来凑热闹。

"什么?波尔多在自动电话机上。"

尖锐、急促、遥远的琶音。有一个声音更低沉,更慢:

"什么?"

"达喀尔。"

失望的音调。声音不响了,又响了,再一次不响了,又开始了。

"……巴塞罗那呼叫伦敦,伦敦没有回答。"

圣达西斯在遥远的什么地方,闷着声音在说什么故事。

这算是撒哈拉的什么集会!全欧洲齐聚于此地,各国首都发着鸟声在交换知心话。

近处刚刚响起一阵滚动声。一个插话者把声音都打了下去。

"刚才是阿加迪尔吗?"

"是阿加迪尔。"

报务员眼睛总是直愣愣的——我不知为什么——盯着挂钟,发出呼叫。

"他听到了吗?"

"没有。但是他在卡萨布兰卡说话,过会儿就知道了。"

我们偷偷截取天使的秘密。铅笔犹豫不决,戳到纸上,抓住一个词,然后两个,然后快速写下十个。词句形成了,好像小鸡破壳而出。

"给卡萨布兰卡的通知……"

混蛋!特纳里夫岛把我们跟阿加迪尔搅混了!它巨大的声音塞满耳机。又啪地停止了。

"……六时三十分降落。在……再起飞……"

不识相的特纳里夫岛还在跟我们捣乱。

但是我知道的这些已经够了。六时三十分班机返航阿加迪尔。——雾?发动机出问题?——只得在七点钟重新起飞……没有误点。

"谢谢!"

（三）

雅克·贝尼斯，这次在你到达以前，我将披露一下你是谁。从昨天以来，报务员给你正确定位，你将在这里按规定停留二十分钟，我要为你开一个食品罐头，开一瓶葡萄酒，你将给我们说的不是爱情，不是死亡，没有一个真正的问题，而是风的方向、天空的状况、你的发动机。你听到机械师一句俏皮话就发笑，埋怨这里天气炎热，像我们中间的任何人……

我将说出你完成的是什么样的旅行。你怎么揭开表面现象，又为什么在我们旁边走的脚步不一样。

我们都是从同一个童年走出来的，这才会在我的记忆中突然竖起这堵摇摇欲坠、爬满常青藤的老墙头。我们是大胆的孩子："你为什么怕了？把门推开……"

一堵摇摇欲坠、爬满常青藤的老墙头。被太阳晒干、晒透、晒穿、布满沧桑的痕迹。壁虎在树叶之间窸窸窣窣，我们把它们叫做蛇，已经爱上这个奔逸也即死亡的形象。这一边的每块石头都是热的，像鸡蛋那样孵生，也像鸡蛋那样圆浑。每片土地、每根细枝都被阳光照得失去了神秘。在墙壁的另一边，夏天丰富饱满，统治着乡野。我们看到一座钟楼。我们听到一台脱粒机。一切空隙里都填满了天空的蓝。农民收割小麦，神父给葡萄喷硫酸铜，亲友在客厅玩桥牌。那些人在这个小村里劳心劳力六十年,从生到死把这个太阳、这些麦子、这个家作为自己的禁锢,我们把尚在人世的这几代人称为"护乡团"。而我们喜欢让自己出现在岌岌可危的小岛上、在两片狰狞可怕的大洋之间,在过去与未来之间。

"转动钥匙……"

这扇小绿门,颜色像古老破旧的木船;那把大锁,像捞自海中一只年久生锈的铁锚。这两件东西都是不允许孩子碰的。

大家无疑是为我们担心那个露天蓄水池,害怕有个孩子淹死在沼泽地里。在这扇门的背后睡着一池水,我们说一千年以来就是一动不动的;每次当我们听人说到死水就会想起它。小小的圆叶给它穿上绿色衣衫;我们抛出去石头,把它戳了几个洞。

这些浓密古老的树枝,承载着太阳的重量,底下又是多么阴凉。从来不曾有过一道阳光染黄了填土上的嫩绿草坪,触摸到这块珍贵的衣料。我们抛出去的那块卵石开始它的行程,像一颗行星,因为,对我们来说,这池水是没有底的。

"我们坐下吧……"什么声音也到不了我们这里。我们品味着凉意、气味与潮湿,这些使我们换上了新的肌肤。我们失落在大地的边缘上,因为我们已经知道,旅行首先是脱胎换骨。

"这里,是事物的背面……"

是这个那么自信的夏天、这个乡野、这些把我们当作囚犯扣留的面孔的背面。我们憎恨这个强加的世界。晚餐时刻,我们朝着家往上走,心里秘密沉甸甸的,就像摸到了珍珠的印度

潜水员。当太阳颤动、彤云密布的那一分钟,我们听到有人说这几句话,叫我们不舒服:

"白天长了……"

我们觉得自己又陷入这个自古以来的人情世故,这个由四季、假期、婚礼、丧葬组成的生活。这都是表面的虚妄喧闹。

逃离吧,这才是重要的。我们十岁时,在阁楼的屋架下找到了庇护所。几只死鸟、几只破旧的老箱子、几件怪里怪气的衣裳,有点像生活的后台。这份我们所谓暗藏的宝物,这份老家里的宝物,其实也恰是童话中所描写的:蓝宝石、蛋白石、钻石。这份宝物发出微光。它是每堵墙、每根梁柱存在的理由。这些粗大的梁柱保护房屋,不受只有上帝知道的什么侵犯。当然。不受时间的侵犯。因为这在我们是最大的敌人。大家靠传统来保护自己。崇拜过去。粗大梁柱。但是只有我们知道这幢楼像一艘船那么抛入海里。只有我们访察过船舱、底舱,知道哪里漏水。我们知道屋顶的窟窿,鸟从那里钻入然后死亡。我们知道房架上的每只壁虎。下面客厅里客人闲谈,美女跳舞。多么迷人眼目的安全啊!当然还有人送酒。黑人男仆,白色手套。旅客呵!而我们,在上面,看屋顶的缝隙里透进来蓝色的夜。这是个小孔,仅有一颗星星落在我们身上。对于我们来说是从整块天空中抠下来的。这样的星使我们很不舒服。这时,我们转身离开:这是带来死亡的那颗星。

我们吓了一跳。事物的内在运动。梁柱因有宝物而破裂。

每次一开裂我们就检查木头。这其实只是豆荚破裂，种子跌落。事物的老壳内，我们不用怀疑，存在着其他东西。不就是这颗星，这颗坚硬的小钻石？有一天，我们朝北或是朝南，或是在我们内心，去寻找的就是它。逃离吧。

催人入睡的那颗星，一转眼被瓦片遮住不见了，明确得像个信号。我们下楼回到自己的房间，带着对一个世界的认识步入半睡半醒的长途旅行，那里神秘的石头在水中无尽地滚动，犹如太空中这些光的触须，它们潜行一千年才到达我们这里；那里，房屋在风中嘎嘎响，像船只那样受威胁，那里，东西一个接一个在宝物难测的推动下分崩离析。

"这里坐吧。我以为你出了故障。喝吧。我以为你出了故障，正要出发去找你。飞机已经在跑道上，你瞧。阿依突萨人进攻伊扎尔金人。我以为你落入这场大混战中，我害怕。喝吧。你要吃些什么？"

"让我走吧。"

"你还有五分钟。瞧着我。跟杰纳维耶芙发生什么了？为什么笑？"

"啊！没什么。刚才我在机舱里想到一首老歌。我一下子觉得自己那么年轻……"

"杰纳维耶芙呢？"

"我不知道。让我走吧。"

"雅克……回答我……你见到她了吗？"

"是的……"他犹豫,"在去图卢兹的路上,我下车拐了个弯去看她了……"

雅克·贝尼斯向我说出了他的历险。

（四）

这不是一个外省小车站，而是一扇暗门。从表面看是朝田野而开的。在一名平静的检票员的目光下，大家走上一条毫无神秘的白色公路，遇到一条小溪和几枝野蔷薇。站长在照看玫瑰花，乘务员装着在推一辆空的手推车。一个神秘世界的这三名警卫在这样的伪装下监视着。

检票员拍拍那张票：

"您从巴黎到图卢兹，为什么在这里下车？"

"我乘下一趟车再走。"

检票员盯着他看。他犹豫着要给他的不是一条公路，一条小溪和几枝野蔷薇，而是从梅兰①时代开始，大家知道在伪装下进入的那个王国。他一定在贝尼斯身上看到了，自从俄耳浦斯时代以来对这类旅行所需要的三种品质：勇敢、青春、爱情。

"请吧，"他说。

这个车站不停靠快车，它在那里仅成了一幅障眼画，就像这些暧昧的小酒吧，有假男孩、假乐手和一个假酒保摆设其间。贝尼斯在慢车上已经感到他的生命在慢下来，改变了方

---

① 指公元七世纪和八世纪法国北部不列颠系游吟诗人时代。

向。现在在这个农民身边的这辆小车上,他更加远离我们而去。他钻入了神秘王国。那个男人一过三十岁,布满皱纹也就不再老了。他指着一块地:

"这长得好快啊!"

麦子朝着太阳奔跑,在我们,又是看不见的匆匆忙忙!

贝尼斯发现我们更遥远了、更激动了、更可怜了,那是当农民指着一堵墙说的时候:

"这是我祖父的祖父造的。"

他已经触及一堵不朽的墙,一棵不朽的树,他猜想他快到了。

"就是那块地。要不要等您啊?"

沉睡水底下的传奇王国,这是贝尼斯将过上一百年而只老了一小时的地方。

那天晚上,小车、慢车、快车帮助他通过这种绕着路障逃跑,把我们带回到从俄狄浦斯时代、从睡林美人年代以来的世界。在往图卢兹的路上,他把他的白色面颊贴在玻璃窗上,显得是个跟别人相似的旅客。但是他心底将带着一个没法讲述的、带"月亮颜色""时间颜色"的回忆。

奇怪的重逢啊!没有尖叫声,没有惊讶。公路回以一种沉闷的声音。他像以前一样跳过篱笆,小径上的草长高了……啊!这是唯一的差别。房屋夹在树木中,在他看来很白,但是像在梦中,遥不可及。难道达到目的地时出现了海市蜃楼?他登上大石条台阶。台阶是出于需要才建造得既有线条又适用。"这里没有东西是造假的……"外客厅暗淡无光,一把椅子上一顶帽子,她的帽子?乱得可爱啊!不是没人整理的乱,而是用过心意的乱,表示有人在。它还保持活动的痕迹。有一把椅子稍往后移,可以看出有人一手撑着桌子站了起来,他看到了动作。一本打开的书。谁刚与它分开呢?为什么?最后那个句子可能还在某人心里唱呢。

贝尼斯笑了,想到一个家庭里千百件小事,千百个麻烦。人终日在里面走动,应付同样的需要,整理同样的凌乱。人间大事在这里是如此微不足道,只要是个旅行者,是个外人都对此一笑置之……

"然而,"他想,"这里跟其他地方一样,一年到头夜晚总是要来的,这是一个周期,第二天……生命又开始。大家向着夜晚走去,那时大家不再有忧愁:百叶窗关上了,书籍理好了,壁墙挡板放到位置上。这种争取得来的休息也可以是永恒的,他有这种体味。我的夜晚,却比休战的日子还要少……"

他不声不响坐下。他不敢自报说来了,这里一切显得那么静,那么平和。从一扇有意放低的帘子中透过一缕阳光。"一条缝隙,"贝尼斯想,"这里人老了也不知道……"

"我等会儿会听到什么呢?……"隔壁房间一个脚步,叫全幢房子都生动起来。一阵平静的脚步声。一个在整理祭台上鲜花的修女的脚步。"这里要做的工作多么细腻?我的生活永远慌慌张张。这里,在每个动作之间,在每个思想之间,有多少空间,有多少喘息机会……"他在窗口探身朝向乡野。乡野在阳光下延伸,带着好几里的白色公路,给人去祈祷,去打猎,去送一封信。远处一台脱粒机发出呼噜声,要仔细才能听见,一位演员发音太低,全场感到压抑。

脚步声又响了:"有人在整理玩具,它们把玻璃柜慢慢塞满了。每个世纪抽身引退时都把这些贝壳留在了身后……"

有人说话,贝尼斯听:

"你相信她过得了这个星期吗?医生……"

脚步走远了。他惊呆了,没有说话。谁快要死啦?他的心揪紧。他向一切生命迹象——那顶白帽子、打开的书本——求救……

声音又响了。这是些充满爱意但又如此平静的声音。他们知道死神已在屋檐下,把他当个亲人那么接待,并没转过脸不敢正视。没什么必要慷慨陈辞。贝尼斯想:"一切都多么简单,生活,整理摆设,死亡……"

"客厅的花你采了吗?"

"采了。"

说话声音小,语调低哑平稳,他们在说些琐碎的杂事,正在临近的死亡只是使这些事染上灰暗的颜色。扑哧一声笑,又自动死亡了。一种不是深扎于心底的笑,即使摆出舞台的尊严也是压制不了的。

"不要上去,"那个声音说,"她睡着。"

贝尼斯身处于痛苦的中心,而这份亲密却是僭越的。他害怕被人发现。外人出于把什么都要表述一番的需要，会使痛苦不那么谦逊。有人对他喊道："您认识她，爱过她……"说到死者的种种好事，这真令人不能容忍。

他确有权利这么亲密，"……因为我爱过她。"

他需要再见她，偷偷上了楼梯，打开房门。屋内充满了夏意。墙壁是浅色的，床是白色的。阳光照满了敞开的窗户。远处一座钟楼，钟声平静缓慢，恰与心的跳动相一致，当然必须是不发高烧的心。她在熟睡。仲夏时这样好睡真是太美了！

"她要走了……"他往前走，打蜡地板金光闪亮。他不理解自己内心平静。但是她在呻吟，贝尼斯不敢更往里走……

他感受到一个巨大的存在，那是病人的灵魂在伸展，充满了房间，房间像一个伤口。令人不敢碰上家具，不敢走。

没有一点声音。除了苍蝇嗡嗡响。远处有人高声问什么。一阵清风软绵绵吹进室内。贝尼斯想：已经傍晚了。他想到护窗板要关上，灯要点上。立刻黑夜来临，这如同一道需要跨越的关口纠缠着病人。不灭的夜灯就像海市蜃楼那么令人迷惑。室内陈设毫不移动影子，在同样的角度下瞧上十二小时，最终印在脑海中驱除不去，沉重得难以忍受。

"是谁啊？"她说。

贝尼斯走近去。嘴里不由自主要说些温柔与怜悯的话。他弯下身。援助她。把她抱在怀里。成为她的力量。

"雅克……"她眼睛盯着他。"雅克……"她把他从思想的深井里往上吊。她不寻找他的肩膀，而是在自己的记忆里搜索。她像探出水面的海难者勾住他的衣袖，不是抓到了一个存在、一个依靠，而是一个形象……她用目望……

这时她觉得他渐渐地是个外人。她认不出这道皱纹、这个目光。她握紧他的手指要唤他，他不能对她有任何帮助。他不是她心中怀念的朋友。她已经对这个存在感到累了，推开他，转过头。

他处在了不可逾越的距离之外。

他不声不响往外逃，重新穿过外客厅。他从一场漫长的旅行回来，从一场模糊的记不清是什么的旅行回来。他难过吗？他悲伤吗？他停住。夜色像海水一样浸入到一间渗水的船舱里，小摆设将要失去光彩。他额头贴在玻璃上，看到椴树的影子拉长，接在一起，把草坪笼罩在黑暗中。远处的一个村庄灯亮了，寥寥数团火光，可以一把抓在手里。距离不再存在，他可以伸出手指去触及丘陵。房子里的声音都消失了，它已经整理好了。他不动。他记起那些相似的夜晚。站起身，人重得像潜水员。女人光洁的面孔毫无表情，突然间大家害怕未来，害怕死亡。

他走出门。他转过身，强烈希望有人把他拉住，有人呼唤他的名字，内心就会悲喜交集一片。但是没有。没有东西要留住他。他毫无挣扎地钻进树丛。他跳过篱笆，道路是艰难的。这结束了。他再也不会回来了。

(五)

贝尼斯离开以前给我总结了全部历险："你看到，我试过，要把杰纳维耶芙带进我的世界。我给她看的一切都变得死气沉沉，灰不溜秋。第一夜就说不出的黑暗，我们没能穿越过去。我只得把她的房屋、她的生活、她的灵魂还给她。公路上的杨树，一棵接一棵。在我们往北朝巴黎走的时候，世界与我们之间的厚度逐渐减少。仿佛我要把她拖进海底似的。稍后，当我还曾努力去跟她汇合，我还能够接近她，接触她，在我们之间已没有空间了。那是多久啦。我不知道对你怎么说：一千年吧。我们离另一种生活是那么远。她死死抱住她的白床单、她的夏天、她的那些实在的东西不放，我就没法把她带了走。让我走吧。"

你现在往哪儿去寻宝？你这位印度潜水员，摸到了珍珠，但是不知道把它们捞出海面。我走在这片沙漠上，像一块铅似的被地面吸住，不会在其中发现什么了。但是，对你这位魔术师来说，它只是一层沙做的网、一个表面……

"雅克，时间到了。"

（六）

现在，他身子麻木，在遐想。从这么高的高空往下看，地面好像是不动的。撒哈拉的黄沙咬着一片蔚蓝的海面，犹如一条看不到尽头的人行道。贝尼斯是个优秀工人，他把这个往右漂移的海岸往回拉，朝着发动机的直线走向斜飞。在非洲每个弯道，他把飞机慢慢倾斜。到达喀尔之前还有两千公里。

在他前面这块不听使唤的区域，白光耀眼。有时是巉岩裸石。风扫沙面，到处形成有规则的沙丘。凝聚不动的空气把飞机像脉石似的包住。不颠簸，不摇摆，从那个高空，景色没有丝毫移动。飞机裹在风里继续飞。艾蒂安港，第一个中途站，没有登记在空间里，而是在时间里。贝尼斯瞧他的表，还有六小时的静止与沉默，然后人从飞机犹如从蛹壳里钻出。世界是新的。

贝尼斯瞧着这只表，通过它实现这样一个奇迹。然后计数表不动了。如果这个指针放弃它的数字，如果故障把人交给沙漠，时间与距离将含有一种新的意义，这甚至不是他意识到的。他旅行在第四维度中。

然而他认识这种压抑。我们大家都认识过的。在我们眼里飘过那么多的影像；其中唯有一个才使我们成为它的囚徒，以它的沙丘、阳光、静默的真正力量压着我们。一个世界坍塌在我们身上。我们是弱者,仅有手势作为武器,黑夜来临,这些手势仅够用于赶走几头羚羊。有声音作为武器,这个声音传不到三百米,不能被人听见。我们大家都曾有过一天跌落在这颗陌生的星球上。

对于我们的生活节奏来说,这里的时间变得太宽裕了。在卡萨布兰卡,我们由于约会都以钟点计算的,每次约会我们的心情都不一样。在飞机上,每个半小时,我们的气候都不一样:身体也不一样。这里,我们是以星期来计算的。

同事把我们拉出了那里。如果我们虚弱,把我们抬上机舱;同事用铁腕把我们拉出这个世界,进入他们的世界。

贝尼斯要在这么多未知事物前保持平衡,想到对自己的了解还是不够的。干渴、放弃或者摩尔部落的残酷在他内心会唤起什么?艾蒂安港中途站突然推到一个多月后?他还在想:

"我不需要任何勇气。"

一切依然很抽象。当一个青年驾驶员冒险尝试翻筋斗,他倾倒在头上的不是坚硬的障碍物——不管它们离得多么近——最小的也会把他碾碎,而是流动飘浮的树,如同在梦里一样。鼓足勇气,贝尼斯?

可是,由于发动机颤抖了一下,随时可能出现的陌生事物,也会不顾他的心愿占据他的位子。

这个海峡,这个海湾,终于在一小时后,与那片中性的、解除武装的土地连接了，螺旋桨也到了极限。但是，前进途中的每个点都包含它自己的神秘威胁。

还有一千公里：这块巨大的地面必须把它拉过来。

"艾蒂安港呼叫朱比角：十四时三十分班机平安到达。"

"艾蒂安港呼叫圣路易：十四时四十五分班机重新出发。"

"圣路易呼叫达喀尔：班机十四时四十五分离开艾蒂安港，我们将要求它夜间继续飞行。"

东风。风吹自撒哈拉内陆，黄沙盘旋而上。一个有弹性的淡白色太阳在黎明时从地平线跳出，在热腾腾的雾气中变了形。一个淡白色肥皂泡。但是朝着天顶上升时，逐渐凝聚，最后又恢复常态，变成这么一支火箭，这么一根打在后颈上的燃烧的锥子。

东风。从艾蒂安港起飞时空气宁静，几乎凉爽，但是到了一百米高度，这成了一股岩浆。立刻：

油温：一百二十度。

水温：一百十度。

升至两千米、三千米：那当然！超出这场沙尘暴，那当然！但是，爬升还没五分钟，自动点火器和阀门都烧坏了。然后上升：说来轻松。飞机在这个没有弹簧的空气里往下沉，飞机陷入了流沙。

东风。人的眼睛瞎了。太阳在这些黄色涡纹里滚动。它的淡白色面孔偶尔还浮起和燃烧。看到的大地都是直立的，还有什么！我爬升？我俯冲？我斜飞？试试吧！最高才飞一百米。没法啦！往下再找找。

北风紧贴地面，像河流似的吹过。这好。把一条胳臂搁在机舱外。这样像在一艘快艇里用手指划清凉的水面。

油温：一百十度。

水温：九十五度。

像河流那样清凉？比较而言。这有点跳跃，地面的每道褶皱都蹦出一记耳光声。讨厌的是什么都看不见。

但是在蒂梅利斯海峡，东风沿着地面吹。没有地方再有庇护所。橡胶的焦味。磁电机？密封圈？转速表的指针犹犹豫豫，少转了十圈。"你，怎么啦，你要是添乱……"

水温：一百十五度。

升高十米是不可能的。看一眼沙丘，它就像一块跳板向你捅过来。看一眼压力表。哦！沙丘在回流。操纵杆顶在肚子上驾驶，这样长不了。双手让那架飞机保持平衡，就像捧着一只盛水太满的碗。

在离轮子十米的地方，毛里塔尼亚分发它的沙、它的盐田、它的海岸压舱物的洪流。

一千五百二十转。

第一次空转犹如一拳头打在飞行员身上。二十公里外有一个法国哨所，唯一的。飞到它那儿吧。

水温：一百二十度。

沙丘、岩石、盐田都被吸收了。一切都滚在轧钢机下。别提啦！飞机外形撞扁了，戳破了，合不上了。轮子底下，惨不忍睹。那边这些黑石头，紧密挤在一起，好像慢慢过来，突然加速。飞机扑到它们身上，把它们洒落一地。

一千四百三十转。

"我要是撞破脑袋……"一块钢板他用手指一摸，烫了他。散热器一阵阵蒸发。飞机，超载的小船，压在地面上。

一千四百转。

速降中溅出的最后几堆沙，落在机轮二十厘米地方。快速铲，铲的都是金子。一个沙丘铲走，露出了哨所。啊！贝尼斯关机。真是时候。

景物的冲劲被刹住了，正在消失。这个灰尘世界正在重组。

撒哈拉中一个法国小碉堡。一位老中士迎接贝尼斯，见到一个兄弟喜眉笑眼。二十个塞内加尔人举枪致敬；一个白人，至少也是个中士。他虽年轻，却是个中尉。

"您好，中士！"

"啊！上我家来吧，我太高兴了！我从突尼斯来的……"

他的童年，他的回忆，他的灵魂：他把这一切一口气给贝尼斯说了。

一张小桌子，墙上钉着几张照片。

"是的，这是亲人的照片。我不全都认识，但是我明年去突尼斯。那张？我同事的情人。我看到它一直放在他的桌上。他总是说起她。他死时，我取了照片，我继续留着，我自己没有情人。"

"中士，我渴了。"

"啊，喝吧！我很高兴给你敬上些葡萄酒。我那时没有给上尉留着。他是五个月前经过的。以后，当然，很花时间，我心里胡思乱想不痛快。我写信要求把我调走，我太难为情了。"

"我做什么事？我天天夜里写信，我不睡，我有蜡烛。当邮包每隔六个月送来时，再是这样回就不合适了，我重写。"

贝尼斯跟老中士一起到碉堡的平台上抽烟。沙漠在月光下实在荒凉。他在这个哨所监视什么？无疑是星星。无疑是月亮……

"那您是星星的中士了？"

"您不要拒绝我啦，抽吧，烟我有。我那时没有给上尉留着。"

那位中尉①、那位上尉的一切贝尼斯都听在耳里。他甚至能够复述出他们唯一的缺点与唯一的美德：一个爱赌，一个心地太好。他还听说了一位青年中尉首次去拜访一位迷失在沙漠中的老中士，几乎是一片爱情回忆。

"他向我解释了星星……"

"是的，"贝尼斯说，"他把它们都寄存在您那里啦。"

---

① 据伽利玛出版社版本，原文如此。但从情节看来似乎应是"中士"更合理。

现在,轮到他来解释了。中士听说距离时,也想起遥远的突尼斯,他听说北极星时,发誓说看到它的脸就认出来,他只要把它向左挪一挪。他想起就在同样近的突尼斯。

"我们朝着这些星星天旋地转迅速往下跌……"中士及时扶住了墙。

"您真是什么都知道!"

"不,中士。我有一位中士,他甚至跟我说:'您好人家出身,又那么有学问,那么有教养,飞机调头那么差,不难为情吗?'"

"哎!不要难为情,这是难哪……"

那人安慰他。

"中士,中士!你的巡逻灯……"

他指指月亮。

"中士,你听过这首歌吗?"

> 下雨啦,牧童下雨啦……

他哼起了调子。

"啊,是的,我听过:这是一首突尼斯歌……"

"中士,告诉我下面的歌词。我需要想一想。"

"等一等:

> 把你的白绵羊
> 赶到那里的草棚……"

"中士,中士,我记起来了:

  听那树叶下

  雨水哗哗响

  暴风雨来临啦……"

"啊,是这么唱的!"中士说。

他们懂得同样的东西……

"天亮了,中士,咱们去干活吧。"

"干活吧。"

"把火花塞扳手递给我。"

"啊!好的。"

"用钳子夹住这里……"

"啊!您指挥……我什么都干。"

"你看,这没什么难,中士,我要走了。"

中士凝视一位年轻的神灵,从虚无中来,又要飞走了。

……来了叫他想起一首歌、突尼斯、他自己。这些英俊的信使不声不响降临,来自沙漠外的什么天堂?

"再见啦,中士!"

"再见啦……"

中士动了动嘴唇,自己也不知道自己怎么了。中士不知道怎么去说出他心中珍藏了六个月的爱。

（七）

"塞内加尔圣路易呼叫艾蒂安港：班机没有到达圣路易。句号。紧急向我们报告情况。"

"艾蒂安港呼叫圣路易：从十六时四十五分起我们毫无信息。立即进行搜索。"

"塞内加尔圣路易呼叫艾蒂安港：632号航机七时二十五分离开圣路易。句号。推迟你们的起飞时间，直至它到达艾蒂安港。"

"艾蒂安港呼叫圣路易：632号航机十三时四十分平安抵达。句号。飞行员指出尽管有足够的能见度，他什么也没看见。句号。飞行员认为班机若在正常航路上他会看到。句号。需要第三名飞行员进行不同层次的深入搜寻。"

"圣路易呼叫艾蒂安港：同意。我们下命令。"

"圣路易呼叫朱比角：法国-美洲班机没有消息。句号。紧急飞往艾蒂安港。"

朱比角。

一名机械师回到我身边：

"我给你在左前方箱子装了水，右箱子装了食品，在后面放了一号备用轮胎和药箱。十分钟。行吗？"

"行。"

记事本。交代事项：

"我不在时写每日报告。周一付钱给摩尔人。把空油桶装上帆船。"

我手臂撑在窗上。每月一次给我们送淡水的帆船在海面上轻轻摇晃。它颇有魅力。它给我的沙漠罩上一层颤抖的生气，一块新洗的布帛。我是挪亚，在方舟里接受鸽子的来访。

飞机准备就绪。

"朱比角呼叫艾蒂安港：236号航机十四时二十分离开朱比角飞往艾蒂安港。"

骆驼队经过的路上留下骸骨，我们的路上留下几架飞机。"再一小时就到了博扎多的那架飞机……"被摩尔人洗劫后只剩下了骨架。成了标志。

千里沙漠，然后是艾蒂安港：沙漠中的那四座建筑物。

"我们在等你。我们充分利用白天时间立即出发。一架在海面上，一架在二十公里，一架在五十公里。到了夜里在碉堡停歇。你要换部件？"

"是的。接触气门。"

拆下装上。

出发。

没什么。这只是一块深色岩石。我继续像轧钢机那样压着这片沙漠飞。每个黑点都看错，叫我心里烦躁。但是沙漠向我滚过来的都只不过是一块深色岩石。

我再也看不见我的同事。他们都待在他们的那块天空内。要有飞鹰的耐心。我再也看不见大海。我吊在一只灼烧的火盆上，看不到什么活的东西。我的心加速跳动；远处那块漂浮物……

一块深色岩石。

我的发动机：一阵河流奔腾声。这条奔腾的河流把我裹住，把我研磨。

贝尼斯，经常我看到你身子蜷曲，还抱着你的不可解释的期望。我不知道表述。我想起你以前喜爱尼采的那句话："我的夏天炎热、短促、忧郁和幸福。"

搜寻了那么久，我的眼睛疲劳了。黑点在跳舞。我已不知道我在往哪里去。

"这么说来，中士，您见过他啦？"

"他天一亮就起飞了。"

我们在碉堡墙脚下坐定。塞内加尔人在笑，中士在想：明亮但是无用的一个黄昏。

我们中一人冒出一句：

"要是飞机坠毁……你知道……几乎是找不着的！"

"那当然。"

我们中一人站起,走几步:

"这糟了。烟?"

我们——动物、人、东西——进入了黑夜。

我们在类似机翼灯的一支烟光下进入了黑夜,世界又恢复到它真正的尺寸。骆驼队在前往艾蒂安港的途中老去。塞内加尔圣路易在梦的边境。这片沙漠刚才还只是一堆没有神秘性的沙子。在三步外的城市投身过来,中士自有对付耐心、静默和孤独的武装,觉得这样一种美德是徒然的。但是,一条鬣狗叫了起来,沙子活了,但是一声呼唤把神秘重新组合,但是某个东西在诞生,在逃亡,在重生……

但是,星星在为我们测量真正的距离。平静的生活、忠诚的爱情、我们以为钟爱的女友,又是北极星给它们设置了路标……

但是,南十字座是给一个宝藏设置了路标。

将近凌晨三点钟,我们的羊毛毯变得单薄透明:这是月亮的妖术。我全身冰冷醒来。我走上碉堡平台抽烟。烟……烟……我这样等待着黎明。

月光下的这个小哨所:是一个风平浪静的港湾。星星全体为飞行员列队送行。我们三架飞机的罗盘都听话地指向北方。可是……

你真正的最后一步是踩在这里吗?感情的世界到此为止

了。这座小碉堡：是个上船码头。向着月光开放的门槛，里面什么都不是真的。

夜色灿烂。雅克·贝尼斯，你在哪儿？可能在这里，也可能在那里？已经是多么轻的存在了！在我四周的这个撒哈拉，上面只有极少的负载，仅仅这里和那里有一只羚羊跳过，仅仅在最深的褶皱里，抱了一个分量很轻的孩子。

中士走来找我：

"晚安，先生。"

"晚安，中士。"

他听着。什么也没有。一阵沉默，贝尼斯，是你的沉默造成的沉默。

"烟？"

"好的。"

中士咀嚼他的烟。

"中士，明天我会找到我的同志的，你相信他会在哪里？"

中士颇有自信，给我指指所有地平线……

一个孩子走失，沙漠到处都有他。

贝尼斯，有一天你对我承认："我喜欢过一个我并不是很理解的生命，一个不完全忠诚的生命。我现在甚至不很明白我那时需要什么：这是一种轻度饥饿……"

贝尼斯，有一天你对我承认："我那时猜测的东西躲在任何事物后面。好像一用力我就会理解的,最终会明白的,把它带走。我从来没有能够把一位朋友的存在看个透,于是惶惑地离开……"

我觉得一艘船晃了起来。我觉得一个孩子平静了下来。我觉得帆樯与希望的这个震颤沉入了大海。

黎明。摩尔人的嘶哑叫声。他们的骆驼累得趴在地上。一支有三百支枪的抢劫队,从北方秘密而下,或许会在东方出现,屠杀一支骆驼队。

我们若从抢劫队的方向去找呢?

"那就扇形前进,同意吗?中间那架直奔正东方……"

西蒙风,一超出五十米高度,这种风就会像吸气器那样把我们吹干。

我的同志……

宝藏果真在这里吗?你找过了吗?

在这个沙丘上,双臂交叉,面对这深蓝色的海湾,面对星光灿烂的村庄,那个夜,你没有多少分量……

在你向着南方跌落时,多少缆绳松了,已在空中飞翔的贝尼斯只剩下了一个朋友:勉强拉着你的是一根游丝……

那个夜,你的分量更轻。一阵晕眩攫住了你。在那颗千仞直立的星球上,那个瞬息即逝的宝藏哦!闪光了!

我的友谊的那根游丝勉强拉着你:我是个不忠诚的牧羊

人,一定是睡着了。

"塞内加尔圣路易呼叫图卢兹:在提莫里斯找到法国-美洲邮航班机。句号。附近有敌对部落。句号。飞行员死亡,飞机坠坏,邮包平安。句号。继续飞往达喀尔。"

(八)

"达喀尔呼叫图卢兹:班机平安抵达达喀尔。句号。"